本作品系 2019 年度中国作协重点扶持项目

节选本 I《一个人的灯火》刊载于《人民文学》2019 年 10 月号

节选本 II《那盏灯》刊载于《中国作家》2020 年 2 月号

大地如融

紫金 / 著

人民文学出版社

图书在版编目（CIP）数据

大地如歌/紫金著．—北京：人民文学出版社，2021
ISBN 978-7-02-014243-9

Ⅰ.①大… Ⅱ.①紫… Ⅲ.①纪实文学—中国—当代 Ⅳ.①I25

中国版本图书馆CIP数据核字（2021）第184943号

责任编辑　徐晨亮　郭　婷
装帧设计　黄云香
责任印制　任　祎

出版发行　人民文学出版社
社　　址　北京市朝内大街166号
邮政编码　100705

印　　刷　三河市宏盛印务有限公司
经　　销　全国新华书店等

字　　数　120千字
开　　本　880毫米×1230毫米　1/32
印　　张　6.5　插页3
印　　数　1—10000
版　　次　2021年10月北京第1版
印　　次　2021年10月第1次印刷

书　　号　978-7-02-014243-9
定　　价　39.00元

如有印装质量问题，请与本社图书销售中心调换。电话：010-65233595

目 录

第一章　启蒙　1

第二章　迷惘　12

第三章　彷徨　26

第四章　成长　55

第五章　归宿　117

第六章　尾声　185

第一章　启　蒙

一

二十世纪五十年代。

冬日北京城，白蒙蒙的天空掠过响亮的鸽哨，一个男孩降生了。

胡同深处的土炕，冰冷而硬。他不哭，暖和和的小身子倔强而执着，给这个贫寒的家带来了温度。母亲露出笑容，看着自己的第一个孩子说：就叫宝来吧。

宝来，是个温暖的孩子。几个弟弟、妹妹的降生，让北京的冬天更加寒风刺骨，他要用暖和和的小身子，帮助父母挺起这个家。

六岁的孩子，没有铁锹高。凌晨，迎着刀子一样的风，跟着父亲去挖树根。他努力向前，父亲也努力向前，仿佛身后的孩子不存在。刨出土，宝来就用小手去捧。父亲只顾着树根,仿佛身边的孩子不存在,仿佛捧出土的不是一双小手。宝来就像一个铁做的孩子,从凌晨到下午,一刻不停。

回家了,父亲扛着树根,仿佛身后的孩子依然不存在……

树根进了门,炕热了。父亲坐在炕头,埋头卷旱烟。母亲忙碌着,宝来也忙碌着,掏出炉灰,准备出门。

母亲拦着说:歇歇吧。

宝来说:我不累。外面太冷了,您还病着,不能去。

胡同口立着一盏路灯,暖黄色的光照着漆黑的人间。宝来循着它,找到高高的垃圾箱,吃力地举起炉灰。风乍起,炉灰四散,宝来揉着眼睛,揉出了点点泪光……

黑凛凛的夜,寒风吹不走那盏灯。它戴着一顶并不避风的圆帽子,暖黄色的光静静地照着小小的孩子。

多年以后,宝来成了那盏灯……

父亲不流泪,他要让儿子变得像冬夜的炉灰一样粗粝。"棍棒之下出孝子",这黑色的传统,就是他爱的箴言。

饭烧煳了,要打。不但打,还要问出道理:

为什么烧煳了?

为什么烧煳了?

……

问的怒火熊熊。

儿子只能说：不会。

你妈烧饭的时候，为什么不学？

然后，接着打。

病妻、多子，沉甸甸地压在父亲的心头。除此，还有祖传的一身武功。他无处安放，只有宝来站在威严的孝道之下。

以爱的名义，宝来站着一个又一个桩；踢了一次又一次腿：高，不能过头顶；低，不能下眉心。在黑色的传统之下，宝来不是铁做的孩子，他的心温暖而柔软，像一盏易碎的灯，悄悄地流血、流泪。

外人看见，宝来仿佛永远在重复两个简单的动作——站桩、踢腿，不免讪笑：这孩子真笨！

扭曲的评价，像雾霾笼罩了父亲；也激起了宝来的执拗，他又变成了铁做的孩子，拼命地站桩，拼命地踢腿，努力重塑心里的那盏灯，让暖黄色的光驱散雾霾。

父亲也有快乐的时候。坐在院子里，敲敲打打。赵大爷需要一个煤铲；再给张婶弄个小烟筒；然后，又做了一个，还是张婶的。

宝来好奇：为啥？

父亲闷声道：她出嫁的姑娘也喜欢。

为装下越生越多的孩子，邻屋的李叔盖简易房，盖到了宝来家的屋檐下。父亲赔着笑脸，告诉儿子：如果将来我们有困难，人家也会体谅。

父亲心里有一盏胆怯的灯，在风雨中飘摇，散发着对世事的恐惧和幻想。

他把这种恐惧也教给了儿子。

几个熊孩子打弟弟，宝来去质问：为什么？其中的一个跳起来，打了他的脸。宝来比熊孩子高半头，又有一身武艺，却不还手。恰逢另一个孩子路过，抱不平，将熊孩子打倒在地。结果，家长找老师，老师又找家长。

父亲回到家里，一进门就喊：跪下！

接着，千百年的黑色传统又暴风雨般落在了宝来身上。

然后，父亲又讲道理：这是大事儿，咱老百姓担不起事，不能出事。

从此，高宝来记住了一句话：这是大事儿！

童年渐行渐远，他的心也结了几个深深的痂：胆怯、笨拙、敬畏能敬畏的一切。

只是，那盏灯依然亮着，静静地散发着暖黄色的光。

二

槐花盛开的时候，是高宝来最快乐的时光。可以去打槐树籽，送到中药铺子，换了钱，然后，交给总是病着的妈妈。在物质贫乏的年代，五分钱的冰棍，两分钱的糖豆，对七八岁的孩子来说，都是人间美味。高宝来从不会去买，但他会给别人买。

在暖黄色的午后，漫天的槐树籽飘落，孩子们欢笑着，争抢着。笑着，笑着，就传来了哭声。一个男孩将一个小女孩推倒在地。嘤嘤的哭声，吸引了高宝来的注意，他走过去，扶起小女孩：妹妹，乖，别哭了。

看着眼前的大哥哥，小女孩更加委屈，哭得眼泪流进了嘴里。

高宝来牵起她的手说：走，哥哥给你买糖豆！

小女孩沐在暖黄色的光里，两分钱的糖豆，全在她的衣兜里。宝来的爱，像对妈妈，无所保留，忘了自己。

清晨，什刹海的公园里有暖黄色的朝阳。在小树林的空地上，还有一个练武的爷爷。他拿了一柄长长的剑，漂亮的剑穗在晨风中飘逸起舞。每个星期天，高宝来都会跑到这个小小的天堂，看爷爷练武。

有一天，他说：爷爷，我要跟你学剑。

老人家不置可否。

高宝来就跟在他身后，学着比画一招一式。

从此，每个星期天，十二岁的高宝来都会在早上五点钟起床，走到离家几站地的什刹海。

半年后，他成了爷爷的徒弟。

爷爷严肃，但是可亲。高宝来像只小鸟跟在他身后，跟来跟去，就跟到了爷爷家。

那是个中午，爷爷家还有陈姨和小容妹妹。

陈姨像妈妈，见了高宝来就说：留下吃饭吧。

吃过了饭，小容妹妹要出去玩，陈姨说：你也一起去吧。

高宝来摇摇头。

趁着陈姨去厨房，他开始收拾桌上的碗筷。一个个摞起来，小心地抱到院子里的水池边。

池子齐着高宝来的胸口，他将碗筷放进去，又找了两块砖头垫在脚下，开始刷洗。

陈姨走出来，见了他吃力的身影，连忙喊：快下来，这不是孩子干的活儿！

这个家罩着暖黄色的光，每个星期天都能容得下一个小小的宝来。吃过了午饭，然后，去池子边刷碗。渐渐地，陈姨习惯了这个小帮手，他俨然成了这个家庭的一分子。

几年过去了，高宝来长成了大男孩。一个深秋的午后，爷爷说：今晚，乡下的姑姑要来送秋菜，开的是农用车，白天不能进城，要到半夜才行。

陈姨说：到时候，我喊大家，一起搬白菜。

高宝来说：我也来帮忙。

陈姨说：傻孩子，半夜进城，两三点钟才能到家，你帮不上。

午夜,陈姨刚刚穿衣下地,院子里就响起了敲门声。她连忙跑出去,打开门,高宝来站在那里。

她又是高兴又是心疼:傻孩子,大半夜,走了四站地,是不是冻坏了。

搬完了白菜,高宝来又独自走回家。从此,每到"秋菜"季节,他都会跑来帮忙,直到成年后当兵离开北京。

陈姨也像多了个儿子,将高宝来挂在心上。那个年月,胡同口的商店会在星期三卖猪骨头。凌晨时,陈姨就赶去排队,能买到两只猪腿棒,回到家,用大白菜熬汤。每到这时,她就会吩咐女儿:去喊你哥。

平日里,有客人来,包了饺子,陈姨也要为高宝来留一盘。

冬日的一天,小容妹妹回家告状:学校组织挖防空洞,同学们每次搬两三块砖头。宝来哥却搬两摞,每只胳膊上放一摞,每摞四块。冻得鼻涕、眼泪直流,也不擦一下。休息了,同学们都跑到工棚里围炉子。宝来哥也不去,一直搬啊、搬啊,大家都说真是个傻子!

不许这么叫你哥!陈姨厉声斥责自己的女儿。

到了星期天,高宝来刚进门,陈姨就将他带到了里屋。拿出丈夫穿过的绒衣裤,让他换上。一边忙碌,一边说:以后,参加学校劳动要省着点力气。

高宝来不解：为什么？

陈姨想说，别让大家觉得你傻。顿了一顿，变成了：你正在长身体，会累坏的。

高宝来憨憨地笑：不会，我有的是力气！

陈姨在心里叹了口气：这孩子，教也教不会！又在柜子里翻了半天，找出一个崭新的军绿色挎包，递给他。

高宝来如获至宝，马上挎在身上，兴奋地说：我可以去照张相，像雷锋那样！

那个年月，雷锋是小学生的榜样，挂在墙上，写在歌里。老师会教给孩子们雷锋的事迹，孩子们在懵懂中学习，在懵懂中歌唱。

唯有高宝来，雷锋走进了他的灵魂里。让他看见了一盏真实的灯，在人间静静地亮着暖黄色的光。他为雷锋流过泪，身体力行去做雷锋做过的事，仿佛只有如此，才能慰藉那个年轻战士的在天之灵……雷锋，在他的心里装了一辈子。

上学的路上，遇到一位老人，吃力地拎着菜篮，不慎跌倒。他马上跑过去，扶起老人，送回家里。待赶到学校，已经迟到了一节课。老师厉声责问，宝来喏喏，不想说出自己做了好事。并不只是向雷锋学习，就像帮爸爸刨树根，为妈妈打槐树籽，给哭泣的小女孩买糖豆，不图回报，是他与生俱来的本能。

平日里，最听话的孩子变得不可理喻地执拗，老师气不过,威胁找家长。她知道父亲的黑色传统,宝来更知道,但依然执拗地守着自己的秘密。

老师真的找了家长。

回到家里父亲阴沉着脸:跪下!

面对高高在上的孝道,宝来说出了自己的秘密。

父亲愣了片刻,举起的扫帚头停在半空,然后,落下:以后,遇到这种事情,要向老师请假。

第二天,去了学校。老师已经过了气头,将宝来叫到面前:爸爸打你了吗?

宝来摇头:我告诉他,去送一个跌倒的老人回家,他就没打。

老师看着眼前憨实的孩子:你咋不早说?

旁边的熊孩子听见了,将这个秘密传遍了全班:高宝来就是一个傻子!

雷锋,傻子,高宝来心中那盏暖黄色的灯,注定要在这两个词之间徘徊。

三

去陈姨家的次数多了,偶尔也会遇上她和丈夫吵架。并且,这种时候都在节假日。十一国庆节到了,高宝来刚走到陈家门口,就听到了夫妻俩的吵架声。

丈夫说:为什么总是要你加班,这么多年,也该换个人。

陈姨分辩：大家都有工作，要服从领导安排。

丈夫提高了声音：怎么可以这样安排？每个五一、十一，你都要去中山公园义务维护秩序。难道我们不过节？

陈姨说：这是工作，是政治任务！

丈夫软下来：今天，兄弟姐妹要来探望父亲，你当媳妇的不在家，说不过去。

陈姨说：领导已经安排了，我必须去。说完，转身就走。

丈夫追着她的背影喊：我要去找你们领导！

陈姨出了门，正遇高宝来。她抹了抹眼睛说：你进屋吧。

我送您去车站。高宝来追上陈姨的脚步。

两个人默默地走。

您为什么一定要去中山公园？宝来小心翼翼问。

这是政治任务。

可是，姑姑和叔叔来看爷爷，没有人做饭。

政治任务比家事重要！陈姨的口气依然坚决。

高宝来又问：什么是政治任务？

陈姨停下脚步，想了想，说：就是党让我们去做为老百姓服务的事情。

高宝来渐渐长大，父亲的健康每况愈下。有一次，他连续加班三天没有回家，母亲担忧不已。高宝来拿出十二分的勇气，自作主张去工厂看望父亲。进了车间，人家告诉他，你爸爸在大罐里。高宝来不敢多问，只能守在旁边等候。

父亲终于出来了，脸色苍白，布满汗水，手里拿着焊枪。高宝来连忙走过去，小心翼翼叫了声：爸。

父亲露出了难得的笑容，放下焊枪，擦了擦汗，问：你咋来了？

我妈不放心，弟弟妹妹也想你。

哦，回去告诉他们，我还要加班两三天。热压罐出了故障，全厂都停工等着抢修，一天不能耽搁。

高宝来忍不住问：这么急，为啥只有你一个人？

父亲立即变了脸色：这是政治任务！领导交给你，就必须负责，不能推给别人。

温暖的陈姨和严厉的父亲在此交会，"为人民服务"在高宝来的心里，也从情感本能上升到了精神追求。高中毕业时，他写下了自己一生的誓言：

> 每当我回忆雷锋的事迹，都会情不自禁流下感动的泪水。这泪水化作了我终生向他学习的力量和决心。我非常羡慕雷锋，我也非常羡慕他那真正的人生。我常想，如果能像雷锋那样，把自己的一生毫不保留地贡献给人民，将是我最大的荣幸！

第二章 迷 惘

一

高中毕业后，高宝来参军入伍，到海军某部，当上了一名汽车兵。部队是大熔炉，到处闪耀着革命的光芒。服从不再是软弱，而是天职；千篇一律的重复训练，不再是愚笨，而是坚强意志的考验；全身心投入工作也不再是"傻子"，而是优秀品质的体现。这里，是最适合高宝来的土壤，他更加执着，不知疲倦。他擦出的车子，检查人员戴着白手套，都摸不出一丝灰尘。几年后，他入了党，还获得了首长的认可，将他调入专门服务领导的小车班当班长。

就在此时，一封封家信接踵而来。父亲已经退休，患上严重的肝病。母亲的身体时好时坏，弟弟妹妹还小，家里迫切需要顶梁柱。每个当兵的人都有家；每个家都有这样那样的困难。为了工作，为了前程，为了自己热爱的部队，许许多多关于奉献的佳话在流传。

唯有高宝来，拿着家信去找首长，申请提前退伍。他第一次在部队里成了另类，不到退伍年限，面临提拔，非常有希望在这块最适合他的土壤里扎根、成长。可是，为了父亲，为了别人眼中的"小家"，高宝来逆常理而动，去找首长"开后门"，执拗地要走自己的下坡路。

领导长叹一声，挥笔批准。他也许恨铁不成钢，也许，看见了高宝来的另一种勇气。这何尝不是一种奉献，而这种奉献要彻底断送自己的"前程"，却没有歌与鲜花的唱颂。

高宝来回到父亲的身边，在北京市公安局治安总队当上了一名普通警察。他刚到四十岁，已经是老同志，老得让同事们仿佛回到了六十年代。

他像一块砖，哪里需要哪里搬。刚开始，在业务性强、颇有"实权"的危险品管理科；后来，调到后勤部门；再后来，又去了失物招领处。在公安部门，这算"每况愈下"。并不是工作表现不佳，而是因为身体原因。高宝来的父亲患有严重的肝炎，每次住院，他担心弟弟妹妹被传染，总是将他们挡在身后，自己守在陪护、照顾的第一线。有一次，父亲忽然大口吐血，紧急送进医院抢救，高宝来又独自担起了护理重任。他连续两天两夜未合眼，配合医生、护士全力抢救。过度的劳累和焦虑，又随时接触有传染性的血液、唾液，高宝来患上了严重的肝病和胃溃疡。这种病需要长期休养，又时好时坏。岗位不能空着，每病休一次，就得换别人。

他也曾有过轰轰烈烈的时刻。二十世纪九十年代初期，改革开放如火如荼。到处都在大兴土木，推倒了重来。一个星期天，正在值班的高宝来接到报警电话：在西城区官园桥附近，挖地基的民工挖出了炮弹！

那里曾是傅作义部队所在地，一口土井里不但有炮弹，还有手榴弹、地雷和毒气弹。高宝来赶到现场，对西城分局和当地派出所的同志们说，你们疏散工人，全都后撤，我去清理！然后，独自下到井里，一边挖土，一边小心翼翼取出各种危险弹药。

高宝来的舍身精神赢得了大家的尊重。现场各路人马组成临时团队，拥戴他，听从他的指挥。按照他的要求，找来货车，装上弹药，再送往郊区的战备山洞。自始至终，高宝来像运筹帷幄的将军，沉着稳健。只是，在他心里，没有将军与"砖"的分别。从井里爬上来，他又亲自装车，站在货车后厢护送；到了战备山洞，又亲自挖土、埋弹。

人往高处走，要从奴隶到将军；高宝来却能从将军回到"砖"。他心里那盏暖黄色的灯，就是他的逻辑：我不放心，怕万一爆炸，伤了同事；怕别人不够细致，留下后患，伤及百姓。

随后，他去了失物招领处。这一项"雷锋时代"的业务，已经面临边缘化。物质生活开始飞跃向天，谁还在意丢了一副手套或者将几根毛衣针遗落在公交车上。可高宝来却像对待傅作义的炮弹，一一登记造册，码放得整整齐齐，等待着它们有一天能够回归家园。

童年生活的磨难和部队的经历，将"服从命令、听从指挥"牢牢地扎根在高宝来的心里。治安总队在郊区有一间老旧仓库，堆满了多年沉淀的"遗迹"。领导一句话，高宝来就扎了进去，分出有用的、没用的，或销毁，或登记造册。仓库焕然一新，高宝来则蒙了厚厚的灰尘，不但在身体上，也在别人的眼睛里。仓库里的积垢毁了他的形象：这不是傻子吗？

雷锋说，我就要做这样的"傻子"，一个革命的"傻子"。而今，在许多人眼中革命已销声匿迹，傻子就是傻子，再与榜样无关。

二

高宝来不管到哪里工作，都像一颗螺丝钉，不知疲倦，永不生锈。他负责公务车管理时，本是个"甜活儿"，派车、发油票，若是干得"活泛"，既有些小得意，又能讨好、交朋友。高宝来却生生干成了"苦活儿"。他每天提前上班，将所有的车擦洗干净。因为当过汽车兵，有修车的好手艺，车子出了问题，基本都能手到病除。既省了洗车费，又省了修车费。用车的人更是省心，只管拿了钥匙出发。

事情到了这里，高宝来受到大家一致好评。可是，他不会见好就收，对待油票，又像对待傅作义的炮弹，兢兢业业，一丝不苟。去了哪里，跑了多少公里，必须锣对锣、鼓对鼓，连个针缝儿都不能差。这颗螺丝钉，揳入了人性的另一面，搞得大家又疼、又烦、又无可奈何，"差不多得了"是每个人对高宝来的殷切期望。可他置若罔闻，大家表面挂着客气的笑容，心里却难免压着一个"傻"字。

北京是祖国的心脏，天安门广场是北京的心脏。每到国家重大时刻，人民警察就是它的第一守护神。但人毕竟不是神，即使以警察的名义。可在这支庞大的队伍里，就有一个"神一般的存在"——高宝来。

在公安机关里，这项工作属于临时勤务。主要责任是监管天安门周边的安全状况，盘查可疑过路人员。按照部署，有的人穿警服，有的人着便装。1999年夏天，高宝来被安排去天安门执行便装勤务。那几天，持续高温三十六度，地面滚烫，鞋底都要变成了电饼铛。高宝来身穿汗衫，肩上搭了条白毛巾，活像进京的农民。这种天气，穿警服的同志也要轮流找个阴凉处缓一缓；穿便服的相对有些自由度，在附近买瓶水，躲到树荫里，待上十分八分钟，无论从哪个角度看，都属正常情况。唯有高宝来，始终站在骄阳下，像站岗的哨兵，时刻警惕着周边的一切。只要发现某人稍有可疑，立即走上前，出示工作证，严格盘查。几天下来，这套业务丝毫不爽。这是一种超凡的能力，却让其他警察陷入了尴尬的境地。于公，无可挑剔；于私，只能众说纷纭。

高宝来对待工作的超凡专注度，有时也会闹出笑话。在某个国庆节的早晨，他跟随大队人马到天安门广场升旗仪式现场执勤。国旗护卫队完成任务后，围观群众陆续散去。领导喊收队，清点人数，唯独少了高宝来。马上派人去找，发现他由于精神过度集中，还在疏散围观群众，引起大家笑声一片，这笑声"五味杂陈"。

一颗螺丝钉本应该生点锈，就像人性，底子是铁，是铁就要生锈，天经地义。一颗螺丝钉如果不生锈，就像神性，要靠强大的精神力量不断打磨灵魂，偏偏这种苦难的磨炼换不回房子、钞票、晋职升官。这条路很难成为大众的选择，高宝来注定成为人们眼中的另类。

三

高宝来心里那盏灯，不会分辨"五味杂陈"，只会静静亮暖黄色的光。

他会修车，且手艺高。修完了公车，再去修私车。当时，私车以自行车为主，治安总队里，无论谁的车出了毛病，高宝来都责无旁贷。除了工作，他的身影经常活跃在自行车棚里。星期天回了家，还帮邻居修，修完了，再给擦得锃明瓦亮。不夸张地说，北京有多少自行车，就有多少高宝来的潜在"客户",只要遇上他,免费修车加免费擦车。

某天,同办公室的一位年轻父亲,接到妻子的电话:孩子的儿童座椅买了吗?

他支吾。

妻子有些急:孩子马上进幼儿园,我要骑自行车送他。说了多少次,你怎么还不去买?

年轻父亲看着桌子上的一大堆文件、材料,无奈地叹了口气:这些天忙得连中午饭都吃不上,哪有时间去买?

妻子不悦,年轻父亲放下电话,一脸愁容。

高宝来看见了,问:你咋了?

没啥事。

高宝来执着追问。

年轻父亲只好说:老婆急着让我去买自行车儿童座椅。

高宝来"嗯"了一声,就离开了。

第二天中午,他拿着一个旧的儿童座椅来到年轻父亲面前:我找了个小椅子,你的自行车放在车棚哪个位置,把钥匙给我,去给你安上。

年轻父亲看着那个儿童座椅,铁的,还有开焊处,面露难色。

高宝来明白了他的心思,说:别看是旧的,但结实,耐用。这上面的开焊处,我拿去旁边的修理厂焊一下,包你满意。

见他还犹豫,高宝来又说:年轻人都喜欢塑料的,花色虽好看,但不耐用,几天就会开裂。

话说到这里,年轻父亲只得从命。下班后,他来到自行车棚。果然,已经修好的儿童座椅稳稳当当地安装在车梁上。

既完成了妻子交代的事情,还省了钱,年轻的父亲甚是开心。可高宝来的心还没有操完。担心座椅用久了会松动,他每次去车棚修车或者路过那里,都去用手晃一晃,发现松动,马上再将螺丝紧一紧。这个习惯,一直保持到那个孩子幼儿园毕业,小椅子"光荣退役"。

时代日新月异,计算机开始进入公安管理工作。高宝来已经四十多岁,看着密密麻麻的按键,几乎愁白了头。科里分来了一个复旦大学毕业生,才华横溢,能轻松搞定计算机,刚起步的公安业务程序,对人家是小菜一碟。他精力充沛,实在闲得慌,就把所有计算机鼓捣进自己设计的局域网,率领年轻同事在虚拟世界里玩游戏。直到被领导发现,才摧毁了他的"小圈子"。

只会修车的高宝来跟大学生比起来,仿佛隔了时空。这使他生了怯,时常给人家敬烟。敬来敬去,就把老同志的威严敬到了爪哇国。那时,正逢公安机关大力推广使用计算机,各种考核加分都要与此技能挂钩。高宝来极憨实,诚心诚意向大学生学习,这更滋长了年轻人的骄气。于是,按照公安传统,本应当师傅的人,却成了学生。

高宝来并不在乎,对于他来说,傅作义的炮弹、老百姓丢的针头线脑，还有无论什么人的自行车以及这位天之骄子，都是相同的存在。这让他落入了人间"食物链"底层，大家都看得清楚，唯有他一派天真。顺理成章，又戴上了一顶"傻"帽子。

平时，一些小简报或者简单的表格，靠着敬烟，高宝来基本都能"蒙混过关"。大学生是个善良的孩子，认真地帮扶他，不费吹灰之力，就把高宝来的事情搞定了。

可是，老天还是不放过这个可怜人。不久，上峰一纸命令：所有机关民警必须通过计算机一级B类考试！这次，敬多少烟，大学生也不能代劳。高宝来被逼到了绝境，坐到电脑面前，像头牛拿起了绣花针。从熟悉键盘开始，一个指头一个指头地开始了"技术革命"。不知加班熬夜了多少次，苦对几页纸的B类考试练习题。旁边的大学生看得都能背下来了，他依然慢得像头牛。眼见着高宝来练得艰难，大家都劝：总队里有很多老同志，学不会的大有人在，不必这么为难自己。高宝来只笑一笑，继续埋头苦练。最后，他终于通过了考试，却并没有赢得大家的赞赏，在人们客气的笑容下，一个"傻"字被压得越来越紧实。

四

二十世纪九十年代，正是改革浪潮风起云涌之时。全国公安机关也不例外，各种体制变动令人目不暇接。但无论怎么变,都是为了适应经济发展与社会安定的需求。对于公安改革来说,充实基层、加强派出所建设是永远的话题和挑战。因为,说千道万,它直接关系到千家万户,关系到老百姓的民生,改革永远在路上,加强基层派出所建设也永远在路上。

警察只有这么多,要充实基层,就要精简机关。当时,北京市公安局给这件事起了一个好听的名字:下沉。颇有脚踏实地的感觉,比"精简"这个词更多了一层高尚追求的意味。但对于普通警察来说,走出威严的机关大楼,来到条件简陋而熙熙攘攘的基层派出所,无论如何,内心都要分出个层次。所以,说得再高尚,让谁离开,不让谁离开,才是领导们最头疼、最为难的事情。

高宝来所在的单位分派到三个下沉名额,时任主管处长年轻有为,聪明如"小诸葛"。他想出了万全之策,由全体同志投票决定这件事。

虽然只有三个名额,也是风声鹤唳,人人自危。有识时务者,衡量出自己可能"中签",又考虑到一些个人家庭因素,主动提出下沉基层。"小诸葛"立马上下协调,安排了他的去处,双方皆大欢喜。剩下两个名额,就进入了民主投票程序。

"小诸葛"首先宣布了自拟的下沉条件:一、政治素质高;二、业务素质高;三、身体素质好;四、心理素质过硬。这是一个"完美"计划,对公而言,充实基层派出所确实需要这样的同志；对私而言，"中签"的人也是大家选出的优秀警察。然而，派出所与机关大楼的差距尽人皆知，"优秀"是大家避之唯恐不及的"荣誉"。

没有商量或私下沟通，大家齐刷刷将其中的一票投给了高宝来。平心而论，"小诸葛"并没有想到他能够华丽"中签"，在领导们的印象里，高宝来是任劳任怨的好同志。其实，每个人可能都没有想到，但是，大家就是齐刷刷地投了高宝来！

上午，宣布了"下沉"人员名单；下午，高宝来的嘴唇上就鼓起了一排鲜红的水泡。

高宝来与妻子张利是经人介绍相识的。在这之前，他谈过一次恋爱，也是经人介绍。美丽的姑娘对他一见倾心，很快就到了谈婚论嫁的时候。但高宝来家庭困难，准备不出婚房。现实毫不留情打败了爱情，姑娘转身就走，留下憨实的高宝来，走进了感情的死胡同。

那个年代，年轻人在父母面前，没有权利为爱而生、而死。无论心里多么苦，也要尽快成家，只有这样才能立起父母心中的"业"。高宝来就是在这样的心情下，见到了张利。又是一个美丽的姑娘，难免心存顾虑。但这并没有妨碍他点亮心里的那盏灯。张利没有父亲，与高宝来刚相识，她的母亲就不慎跌倒，摔断了腿骨。这个连未来都没挂上边的女婿，每天背送老人去医院，端水送饭，尽心尽力。外人都以为是儿子，苦惯了的女人笑着，噙着细碎的泪，逐一解释：这是还没进门的女婿。

可是，高宝来已经不敢爱。绷着脸，面对美丽的姑娘：家里困难、没有婚房，结婚后，要继续艰难养家……却没想到，张利比他还单纯、善良：我只爱你这个人！岳母则说：房子，我们有，你俩尽管住。

年轻姑娘的爱情都始于高宝来的英俊、憨实。只是，有的人经不起一分钱的摧残；而张利却守着自己的梦，守了一辈子……不但守着爱情，还守着高宝来心中的那盏灯。

结婚不久，高宝来就患上了严重的肝炎和胃溃疡。长期病休，工资少了，双方父母要供养，儿子嗷嗷待哺。张利要上班、操持家务，还要想尽一切办法，又省钱，又要给高宝来增加营养。一个弱女子骑着自行车，载着沉重的生活，东城奔，西城跑。有一次，听同事说，郊区有家商店，不知从哪里进了大量的淡水鱼，价格极便宜。张利骑上车就跑，买回来，再熬上鱼汤。高宝来喜欢吃豆包，晚上发面，凌晨就要起身，蒸好了，丈夫吃饱了，再用自行车驮上孩子，奔赴托儿所和单位。高宝来吃了一天又一天，张利就这样蒸了一天又一天。

为了爱情，无论生活多么难，张利从未抱怨过。当高宝来心中的灯，在风雨中飘摇的时候，唯有张利守着它。也许是因为离得太近，那暖黄色的光几乎照不到她，这个弱女子依着丈夫，与他共同撑起了那盏灯。

在单位,张利寡言少语,性格又极单纯。本来有一份很好的工作,在某研究所当图书管理员。后来,调进了另一人。再后来要改革,领导说,你身体不好,不适合这个岗位。身体不好是事实,在照顾高宝来的过程中,张利也患上了严重的胃病。听了领导的话,她心里着急,又说不出,也不知该怎么办,只能拖着。高宝来知道了,也像张利一样,好像明白其中的话中话、事中事,却只能闷在心里。改革愈发逼近,张利与领导争执了几句,表达自己的委屈,却将事情弄得更糟。高宝来知道了,还是闷在心里。其实,他们住的是家属楼,领导家就在楼上。高宝来心里憋着气,见到人家也不搭腔。

公布下沉名单的那天晚上,高宝来带着一嘴血泡回家。刚走到门口,遇见下楼的领导,他突然开口问张利的事。这既不是时机,也不是场合,领导想敷衍,高宝来却一股脑儿地说了张利的委屈。人家本来也许没有"七寸",但是,有些说不好的话,就能制造"七寸"。领导急了,两个人吵起来。张利听见了,赶紧将高宝来劝回了家。

张利下班后,就在扑腾养在阳台上的鸡。准备杀了,给丈夫熬汤,再给儿子吃点儿肉,他们已经很长时间没有买肉。捉住了,却不敢杀,绑在阳台的角落里。

将高宝来劝进了门,她就说:你帮我把鸡杀了吧。

高宝来拿起刀,比画了半天:我下不了手。

张利赶紧说:那就算了吧,等星期天送给乡下的亲戚。

这个柔弱的女人,有着惊人的逆来顺受的能力。丈夫与自己的领导吵起来,不抱怨;养了两年的鸡,做不了庖脍,也不抱怨。倒是带着一脸愧疚说:今天的晚饭只有素馅包子。

高宝来说:我最喜欢吃素馅包子。不知是从小苦惯了,还是天生如此,吃饭对他来说,就是填肚子。

三个人围着一盘包子,张利才看见丈夫嘴边的一排血泡。

这是怎么了?

高宝来轻描淡写:春天,可能有点儿上火。

张利担心:你的病怕上火。

没关系。高宝来长舒了一口气说:以后,儿子可以有肉吃了。

张利惊讶:哪来的钱?

高宝来说:机关人员下沉,支援基层。下星期,我就去恩济庄派出所工作。

张利愣了片刻,说:挺好的,离家近。

高宝来说:夜班、加班补助多,收入比市局高。

张利马上又说:挺好的,反正到哪里,我们都是工作。

第三章　彷徨

一

二十一世纪初，全国上下就像奋蹄的牛，一路狂奔。对于广大的农村底层民众，改革开放意味着再也不必固守乡村，他们更像奋蹄的牛，冲出家园，奔向梦牵魂绕的大都市。北京是全中国人民的向往之地，从二环到六环，像忽然发福的大肚子，装进了各阶层、无数人的真梦、美梦、痴梦、噩梦。发展不可抗拒，泥沙俱下更不可抗拒，北京的治安形势面临着前所未有的严峻考验。为了压住发案势头，确保首都安全，打击、打击、再打击就成了各级公安领导无奈又必须的选择。海淀公安分局恩济庄派出所地处城乡接合部，聚集了大量的外来人口，创业者有之，更多的是居无定所、靠打短工为生的农村务工人员。其中难免鱼龙混杂，各种案件始终处于高发状态。

全所民警的首要任务就是围绕打击，破案、破案、再破案。除此，还要严格管控社会面，昼夜巡逻，不能有丝毫怠慢。他们的工作模式采用倒班制，民警每四天一个工作周期。第一天主班，负责全天候巡逻、处理突发案件。第二天副班，配合主班工作，同时找案件、摸线索。第三天叫对班，主要工作是各种临时勤务，比如，节日重点地区加岗或各国领导首脑出行时担任沿途警卫。同时，继续找案件、摸线索。第四天休息，工作是蹲坑守候，运气不好的时候，蹲一天无果；运气好的时候，直接抓到嫌疑人，带回派出所，审讯、做材料、送拘留，铁定要熬通宵。至于休息，基本就是传说……

这种工作节奏和强度，已经远远超出了常人的承受能力。有打击指标在身的民警都需年富力强，太老，吃不消工作压力；太小，经验不足，担不起重任。他们经常熬通宵，熬得站着说话都能睡过去。标配消遣是吸烟，累极了、困极了就抽，抽完了再干……当时，恩济庄派出所的所训是："前进有困难，后退更困难。"隐藏的含义是，完成不可想象的打击指标有困难；完不成则更惨，尽管不扣工资，但晋升提拔便没了指望。一群热血男儿最美好的时光通常在二十八岁到四十岁之间，他们尽心尽力，却难免落得"被拍死在沙滩上"的结局。

高宝来走进恩济庄派出所就算老同志，自然不是承担打击指标的人选。最多的工作是巡逻，更多的工作是打零杂，看守待审的嫌疑人，送案卷、跑拘留所，诸如此类。还有就是把巡警在路上捡的、好心人送到派出所的无家可归人员，送到救助中心。这项工作是零杂中的零杂，没有成绩，也看不出有什么意义。通常，这类人员进了救助站，还会跑出来，继续无家可归；然后，再送去，再无家可归。承担打击任务的"中流砥柱"们不会做这件事，其他人也没有时间做这件事。唯有高宝来，几乎成了这项工作的专干，后来他离开派出所再次下沉到社区，直至因肺癌住院，始终是他义不容辞的任务。

超强的工作压力，使派出所里人与人之间的关系变得简单、刚性，甚至有些冷漠。大家自顾不暇，没有心思儿女情长。对老民警而言，这种氛围习以为常。但对新人来说，就是压力和考验。

刚从部队转业的民警刘国琪，随队巡逻出警遭遇了一个酩酊大醉的酒鬼。回到派出所后，由刘国琪独自看管他。那时，还没有专门的醒酒室和醒酒绳，醉鬼人高马大，又自居某实权单位大官，闹起来，有恃无恐。桌子、凳子、茶杯、烟缸，只要能摸到手的，都成了打砸对象。身材矮小的刘国琪当上了"醒酒绳"，又是抱，又是拦，却根本不是他的对手。酒鬼连揍带打，刘国琪跟头把式，摔倒了爬起来，爬起来又去抱。酒鬼借势压向他，两个人就在地上滚了球。刘国琪不能喊救命，也没人打110报警。这边厢，闹得不亦乐乎；那边厢，来往忙碌办案的其他警察见怪不怪。

远在二十多米外的会议室里看守嫌疑人的高宝来听见了，跑到"案件"发生地，一把揪起了压在刘国琪身上的醉鬼。瞬间，高宝来成了新的"受害者"。醉鬼因为吃了亏，更加恃无恐。扑到他身上，又是抓，又是挠。撕掉了肩章，在脸上、手上，划出了一道道血印。醉鬼觉得还不解恨，一口呕吐物喷到了高宝来的脸上，顺流直下，警服也跟着受了难。两位人民警察"受害者"，打不能还手，吐不能还口，只能使出浑身的"文明"解数，才将醉鬼制服。

看着高宝来的惨相，刘国琪连说：对不起，对不起。因为人家是老民警，按公安传统是师傅，受自己如此连累，让他又是愧疚，又是不安。

高宝来却像什么事都没有发生，只说：论年龄，你是老弟，应该照应，别当回事儿。

刘国琪还是满心的不过意：您的警服都毁了，太不合适了。

高宝来波澜不惊说出了自己的毕生"名言"：嗨，我不合适没关系，大家合适就行！

派出所里还有另一种"新新人类"，统称"学警"，就是公安院校的实习生。他们很年轻，因为没有执法权，不能担重任，只能跑腿打杂。最适合他们的工作就是看守嫌疑人，法定羁押时间为二十四小时，他们通常从太阳落山看守到朝阳升起，从朝阳初升再到夕阳落山。派出所要破案、破案、再破案，学警们就要看守、看守、再看守。正是好梦如歌的年龄，不能睡觉，只能抽烟，熬得把朝阳当成了夕阳，只盼早归梦乡。当然，学警们也有休息时间，可以睡觉。不能脱衣服，只脱了鞋。在人手不够的时候，要随时听从召唤，跟随警队巡逻。一喊出警，还在梦中的孩子们就从宿舍里"飘"下楼，连是谁发出的命令都搞不清，就要跟着走。

很多时候，刚"飘"到宿舍门口，就会有个声音传来：我替你们去。这个人就是高宝来。学警们就算是孩子，就算还在梦中，命门上也绷着当警察的责任。半梦半醒中会说：师傅，你也熬了大半宿，这不合适。

高宝来依然不以为意：我不合适没关系，你们合适就行。回去睡吧。

其实，他已巡逻了一个班次，刚进门泡上方便面，还未等吃，又替睡不醒的孩子们出警。再回来，已经过去了几个小时。那是寒冬天，泡好的方便面早已冰凉，高宝来不在乎，端起来，几口就下了肚。接着，抓紧分秒的时间抽两根烟，熬住困倦。马上就轮到他自己的出警班次了。

学警们没有执法权，但并不妨碍他们渴望像个真正的警察破案、抓坏蛋。来自北京警察学院的小曦就是其中的佼佼者，遇到警情，跃跃欲试，总想冲锋在前。有一次，他和高宝来同车巡逻，发现了一名骑摩托车抢劫的嫌疑人。两个人打开警笛、喊话器，紧随其后追赶。嫌疑人扔下摩托车躲进树丛里，高宝来停下巡逻车，刚打开门，小曦就冲了出去。刚跑了十多步，高宝来追了上来，一把拽住他，拉到身后，自己率先钻进了树林里。不但对小曦，对所有的学警都如此。只要跟随高宝来出警，别想争强好胜，冲锋在前。令孩子们百思不得其解的是，无论跑得多快，都跑不过与父亲同龄的高宝来；无论多么有力气，也难以挣脱他的手。只能在他身后，老老实实当雏儿。

二

刚刚复员转业到恩济庄派出所的民警汪祥，年富力强，聪明能干，是恩济庄派出所身负打击指标的中坚骨干，也是不折不扣的"倒霉蛋"。北京市公安局管理民警队伍的力度在全国首屈一指，早在二十世纪九十年代初，就设立了专门的监督机构——安委会，对全局民警执法实行严查严管。这个部门的人员多为老同志，秉承了优良的公安传统，认真负责，不讲情面。当时，他们制定了民警出警、巡逻的严格制度，其中之一就是必须随身携带"三证一单"——警官证、驾驶证、准驾证、派车单。但是，无论看起来多么合理的制度，都不可避免会有疏漏。身居机关上层的规则制定者，虽然同基层民警一样过夏天，也穿夏季制服，当然，也不会不知道单薄的短袖警服只有一个单薄的上衣兜，却没有想到将"三证一单"塞进去，是多么不方便且难看，会直接影响民警的执法形象。但规则文件一旦出台，就是命令,基层民警没有讲条件的权利。他们只能八仙过海,各自想出应对办法。其实,根本没有什么最佳对策,大多时候,要靠硬着头皮死扛,然后,侥幸逃脱。毕竟,安委会只有十几个老"包公",而全北京的基层民警千千万。所以,许多人为了图方便,只带警官证。并且,能够侥幸逃脱的,大有人在。

恩济庄派出所的民警也不能脱俗。有的人出警,从来没有带齐过"三证一单",也从来没有落入老"包公"们的法网。偏偏汪祥是个"倒霉蛋",只要敢心怀侥幸,绝对会落入法网,以至于老"包公"们抓他都抓出了境界。有一次,汪祥开着警车去看守所,大门都打开了,旁边居然钻出了一个老"包公"。汪祥自信满满,"三证一单"全副武装,总应该没有任何问题吧。结果,那天遇上的是比高宝来还认真的主儿,仔细检查出车单,发现上面写的目的地是朝阳分局而不是看守所。老"包公"手起刀落,汪祥苦苦哀求:我送了嫌疑人,还要去朝阳分局,出车单就省了看守所……老"包公"铁面无私:不行,无法证明你带的是不是别人的出车单!无奈,"倒霉蛋"只得认栽。

汪祥落网一次,头皮至少发麻三个月。安委会要下全局通报,派出所要被扣去比命都重要的考核分数。当时,恩济庄派出所扛着全北京打击先锋的红旗,大家累死累活挣来考核分,因为这种事情又被扣去,简直就是低级抹黑。汪祥无颜见江东父老,所长体恤他,放了话儿:再被抓,回来马上报告,我想办法。可是,这倒霉蛋的"八字儿"与安委会严重不合,被抓了一次又一次,见所长矮了一截又一截。

某天,汪祥垂头丧气徘徊在所长办公室门外,高宝来走过来:兄弟,又被抓了?

汪祥点点头,眼泪盈眶。

嗨,别难过,你跟我来。高宝来亲切的态度像自家大哥。

其实,汪祥刚刚由部队转业来到恩济庄派出所,平时,又忙于打击办案,与他连点头之交都算不上。

两个人来到一间无人的办公室,高宝来说:你坐吧。然后,从兜里掏出烟盒,看了看,又揣了回去。汪祥瞥见是"都宝"牌香烟,连忙去摸自己的烟,说:抽我的吧。高宝来挡住他的手,又去掏另一个衣兜,拿出了红塔山烟盒,抽出一根,递给汪祥。然后,又摸出"都宝"牌,含在自己嘴里。

汪祥愣了一下,旋即明白,高宝来不舍得抽红塔山,只留着敬别人。他的心头一热,像对着自家的老大哥,说起了又被抓的过程。

高宝来听完,掐灭了烟头:我想想办法。

汪祥不敢相信:这种事情,连所长都为难,您能有什么办法。

在他的心目中,高宝来从头到脚都是普通老民警一枚,咋能跟市局领导搭上茬儿。

可是，人家真的就把电话打进了安委会。原来，在北京市局治安总队时，因休了长病假，工作暂时无法安排，高宝来曾经借调到安委会帮忙。靠着工作认真、敬业，对待同志如春天般温暖，给大家留下了良好的印象。

但是，感情不能代替原则，这是老"包公"们的原则。接电话的人，听说要为汪祥说情，果断拒绝。

高宝来并不恼，开始给人家做耐心细致的思想工作：汪祥刚从部队转业到恩济庄派出所，年轻有为，积极上进，是破案能手，很有发展前途。

说完了汪祥的好，又开始委婉倾诉：老哥，你想想，把"三证一单"都塞进夏装的上衣口袋是个什么形象。其实，大家都经常把它们放在车里。

对方说：我们并没有处罚放在车里的人，拿出来检查就行。这一次，汪祥太过分，连警官证都没带。

高宝来说：为了办案，他连着熬了两天一宿，抽了五盒烟，筋疲力尽，精神高度紧张。怕带了警官证随手丢了，就放在了包里。因临时警情，走得匆忙，忘了拿包，才又犯了错。您知道丢了警官证是多麻烦的一件事情吧，要层层上报，要等补回来，才能出警执法。

对方说：出车单写得也不对。

高宝来语重心长：老哥，年轻民警不容易，几天没睡觉，拼命办案工作。你们抓得这么狠，再下个通报，得！所长面前的好印象全毁了，还让他们怎么干！

高宝来动之以情，晓之以理，深深地打动了对方，沉吟半晌，终于说：成吧，我跟领导解释，下不为例。但是，还有个问题……

一听问题，高宝来着急了：基层民警真的太不容易，劳您驾，千万费费口舌，帮了这个忙。

对方却说：你告诉汪祥，以后把出车单目的地写成"办案"，这样的话，只要在北京城里，都不算违规。

高宝来千恩万谢，汪祥受了教训，又得了这个窍门，从此，再也没有上过安委会的通报。

三

基层公安派出所除了打击办案，许多工作与庄严的警徽、威武的警服并不匹配。社区民警婆婆妈妈，巡逻盘查无异于保安。拼命干，也不容易看出成绩；少干点儿，天也不会塌下来。在民警的惯性思维中，有些临时工作就像一根鸡毛，不必花大力气，背着手都能应付。即使出了错，"鸡毛"也很难通天。而在派出所领导的观念里，同样也要把工作分出主次，不可能眉毛胡子一把抓。唯有高宝来，无论什么"鸡毛"，只要是工作，全都捧在手心里当"令箭"。出警巡逻，他开着车一分钟都不会停，绕着巡逻路线，不放过任何蛛丝马迹。大半夜，警车在相同的路线绕三圈，连鬼都能吓跑，停下车，休息片刻，许多人都会这么想也会这么做。别人劝他：天底下哪有那么多坏蛋，不必草木皆兵。高宝来却说：万一有一个，作了案，就会出大事儿！

民警刘国琪发现，每次巡逻出警，第一个站在巡逻车旁的总是高宝来。他也曾想努力地想抢头筹，听到命令，立即行动，以部队里训练出的速度，披挂整齐，跑下楼去。但是，无论怎么努力，从未赢过高宝来。有一次，刘国琪半夜发现没有香烟了，就去找高宝来。推开宿舍门，他才明白，出警冠军是如何练成的。只见高宝来躺在床上，不但穿着衣服和鞋子，还披挂着随身装备，只解开了警用腰带。命令一到，他只需系上腰带、翻身下床就能出发。在恩济庄派出所工作了十多年，高宝来无论熬多少夜，都是以这样的方式等待巡逻出警。

在北京，每到国家重大时刻，基层派出所民警就多了一项临时工作，监管有可能对国家安全造成重大威胁的人员。某年"两会"期间，恩济庄派出所管区有一个正在侦查阶段的经济犯罪嫌疑人。他贪污、挪用大量公款，人格偏执，仇恨社会。多次扬言要造影响，报复相关人员。为了确保"两会"期间社会安定，民警们轮班对其进行监视居住。任务是观察行踪，一旦发现问题，及时应对。此人的居住地附近有简易塑钢板房，民警坐在里面，视线正对楼门口。他为了发泄不满，故意装作出门，待民警跟随上去，又反身回到家里。每隔十多分钟折腾一次，乐此不疲。负责监视的民警跟着他跑了一趟又一趟，刚坐下，他又出现，只好再去追。

终于，此人碰上了克星。某天，楼门口多了个马扎，上面端坐着岿然不动的高宝来。嫌疑人一出现，他立即站起来跟上去，距离绝对不超过五米。如此一来，折腾的乐趣没有了，倒成了苦恼。嫌疑人只要出门，身后就黏着高宝来。坏水儿被堵在心里，他气炸了肺。此"鬼"作不了妖，又生一"鬼"。从头到脚换了行头，拎了一个旅行包，装作匆匆出门的样子，从高宝来眼前一闪而过。走出了十几步，身后并没有人追上来。嫌疑人窃喜，觉得这次笃定整治了高宝来，把人看丢了，够这个老警察喝一壶。正高兴，身后传来了炸雷声：你给我站住！

坐在马扎上的高宝来犹有神助，穿越般站在了他的面前：把包打开，例行检查！

连惊带吓、带困惑，再加上偏执的人格，嫌疑人发疯一样抱住旅行袋，与高宝来撕扯起来。一个坚决不给，另一个更加坚决：万一包里藏了凶器或危险品，就会出大事儿！

因为监视居住不能穿警服，身着便装的高宝来与嫌疑人激烈撕扯，摔倒在地。引得不明真相的围观群众拨打了110，所里的巡逻车和同事们及时赶到，才避免他受到伤害。

这起事件发生后，嫌疑人收敛了许多。高宝来依然端坐在楼门口的马扎上，见到他，站起来就走。有时，去菜市场；

有时,去公园。到了晚上,嫌疑人回了家,他就坐在巡逻车里,一边抽烟,一边盯着楼门口,直到午夜。

人都是有感情的,即使是警察与嫌疑人。即使满怀仇恨与偏执,只要是人,就懂得世间何为正道沧桑。某日,嫌疑人去饭店与亲朋聚餐,高宝来一如既往,随同而行。见他进了包间,就在走廊里找了僻静处,一边吸烟,一边守候。菜上齐了,嫌疑人走出包间,来到高宝来面前,诚恳地说:我这里没有外人,你也一起吃饭吧。

四

高宝来就像一盏永不熄灭的灯,在派出所里静静地散发着自己的光芒。童年时,他像一个铁做的孩子。现在,又长成了铁人。他热爱工作,无所保留,忘了自己,有时,也忘了别人。身负打击指标的年轻民警,轮到巡逻出警时,都盼着喘口气、歇一歇。可是,只要上了高宝来的车,就别想睡觉、打瞌睡。巡逻车一刻不停,只能靠抽烟熬住困倦。没有打击任务的民警,也不愿意上他的车。高宝来除了本职工作,还要四处帮忙,无论做什么,都倾尽全力。比别人更累更困,抽起烟来,也远超常人。一根接一根,就像长了铁肺。巡逻车里,二手烟弥漫,几个小时下来,不吸烟的人也要上瘾。所以,他爱着别人,别人却想方设法躲着他。

所长看出了这种尴尬,不再安排高宝来巡逻执勤,把所里的后勤工作交给了他,希望借此能够缓和他与一线民警不和谐的关系。这个任命,让高宝来受宠若惊。所长等于将全所的身家交给了他,钱、车、油、装备等,是极大的信任。他下沉到恩济庄派出所时,已经四十七岁,在基层是不折不扣的老同志,晋升提拔无望,立功嘉奖也无望,唯有信任是最大的奖赏,对一个大家都想躲着走的老民警来说,弥足珍贵。

　　领导的信任和重视,让高宝来浑身更加充满了使不完的劲儿。首先整治食堂。伙食费不会变,唯有精打细算才能提高饭菜质量。他亲自深入菜市场,每一根菜叶都要仔细挑选、讲价,省出的钱,给民警的早餐加上了牛奶、鸡蛋。觉得机器和面死硬,他亲自上阵揉面,让大饼、面条口感最佳;偶尔搞到点儿鲜鱼,他就像得了宝贝,仔细算计着能够存放几天,一天做多少,既能给民警解馋,又能细水长流。这种稀罕物多了,难免记不住,有时存到变质,大家就会抱怨,还不如早点做着吃了。搞警民共建,辖区单位送来几箱矿泉水,高宝来会严格登记造册,没有所长的话,谁也不许动。民警们觉得,出警归来,拿瓶矿泉水,既省事又解渴,何必请示所长。而在高宝来心目中,领导将家交给了自己,就必须向他负责,不能自作主张。可所长太忙,很容易忘了几箱矿泉水。高宝来去提醒:要过保质期了。他连忙说,赶紧发给大家喝了。于是,民警们的抱怨又不可避免：好好的矿泉水，非要搁到快过期了，这不是傻吗？

高宝来整治了食堂，又去整治厕所。恩济庄曾是皇帝赐给太监的墓地，派出所的办公地是李莲英守墓人的老房子。一百多年过去了，用的还是旱厕。所里雇了打扫卫生的人，进去匆匆一扫，就算完成任务。高宝来看不过去，每天上班先钻进厕所，亲自打扫干净。他心里存着雷锋，守着自己的"名言"：只要大家合适，我不合适没关系。可是，大家并没有觉得合适。因为，弄完了厕所，他又要去弄食堂。有好心人提醒他：你不要从厕所里出来，就去食堂弄大饼……

高宝来不解：这有什么关系，我戴了手套、穿了水靴。

可是，在普通人心里，这很有关系，甚至能够让人遗忘鸡蛋、牛奶和大饼带来的好处。

风言风语传到了所长耳朵里。但对领导来说，不能因此就撤了高宝来；况且，他是个难得的好管家。

就像出警巡逻，高宝来又把自己干到了"独孤求败"的境界。他无法改变自己，只能顶着疾风劲雨，艰难前行。而生活也不可能改变，人间注定沧桑，有的时候，就是容不下一颗真诚、善良的心。不知是谁、从哪里探听到了高宝来曾经患过肝病，由此，风言风语彻底发酵。过去还碍着鸡蛋、牛奶的面子，现在，变成了一种沉默的暴力。所长也无法坚持下去了，只能收回那份曾经令高宝来感到无限荣耀的信任。不再让他管理食堂，只负责仓库、被装发放等杂务，同时，编入警队继续巡逻出警。

雷锋说，我是革命的一块砖，哪里需要哪里搬。可是，高宝来经历的这种搬法，并不像革命的需要，倒更像是被抛弃。以革命的名义，还有内在的高尚；没有了革命的名义，如何去当一块最普通的砖，高宝来怀揣的雷锋精神，在新时代面临着更加严峻的考验。

五

高宝来除了出警巡逻，新工作比"鸡毛"还"鸡毛"。领取发放办公用品、被装，管理收缴物品和没人要又不能扔的针头线脑。包括墨水、纸张、订书器、所有人的新警服、假冒伪劣光盘、麻将牌、缺了腿的办公桌椅等等，诸如此类。真真是一地"鸡毛"，高宝来依然全都当"令箭"。

成堆的光盘登记造册，带固定资产标签的桌椅登记造册；一百多名民警的制服、肩章、警号，谁领了、谁没发等，全都登记造册；仓库里也翻个底朝天，就算一根绳子，只要是国家财产，就别想离开登记本，更别想离开仓库。

别人加班，是打击办案；高宝来加班，就是登记。底数终于搞得清清爽爽，又开始严格管理。收缴的光盘，有流行电影、电视剧，谁也别想拿出一张解闷儿；至于纸张、订书器等，东西虽小，也是用国家的钱买的。即使领一张纸，也必须签字。民警们办案繁忙，年轻人又居多，签字笔、纸张等随手乱扔,如果再想领,麻烦就大了,高宝来会拿出登记本,说:前天刚领,不能再发。因为此事,经常会起争执。

不过是个订书器,我现在急着用。

才领了几天,不能再给。

哎呀,高大叔,就给我吧。

大家都这么领,我还怎么干?

大家现在不是没有都这么领嘛,您就行行好,给我一个吧。

再给你,再找不到,咋办?

哎呀,高大叔,您那儿不是还有一个嘛。

那是留着以防万一的,万一所长有急用,不能抓瞎。

民警垂头丧气,咕哝道:貔貅!

实在吵得太鸡毛蒜皮,有好心人劝高宝来:又不是你家的,何必得罪人,不值得。

此事看起来确实不值得,但高宝来的坚持,于潜移默化中改变了民警浪费、粗放的行为方式。过去,甚至发生过盖了印章的空白纸随意扔在桌子上的事情。由于高宝来不近人情的管理、算计,大家怵着他的"貔貅"作风,不得不收敛,间接地减少了无形中的隐患。

因为"独孤求败"的工作方式,高宝来在派出所里能相处融洽的人并不多,老民警宋美存是其中之一。所谓志趣相投,"趣"除了抽烟,没有其他消遣;而"志"则来自宋美存的随和与善良。一起蹲坑守候,按照工作要求,晚上十点收兵。高宝来却央求他:再守一会儿吧,说不定就能抓到新证据。宋美存答应了,高宝来就敬红塔山。到了十一点,高宝来又央求:再等一等?宋美存不忍,只好顺从。高宝来赶紧又敬红塔山。等到所有的红塔山都抽完了,一看表,凌晨两点。高宝来觉得尽职了,宋美存熬得痛苦不堪,也不抱怨。

就是对这样的好朋友,高宝来也不会改变原则,网开一面。宋美存的办公椅子有些陈旧,其中的一条凳子腿还晃晃悠悠。见仓库里有张八成新的椅子,就想换一换。高宝来说:你去请示所长。宋美存为难:这点小事惊动领导,不值得。高宝来说:上面有"固定资产"标签,我不能随便做主。宋美存无奈地摇摇头,也就作罢。

高宝来无论与什么人、为了什么事起了争执,从不会存在心里。他似乎永远在得罪别人,而别人无论做了什么都不会得罪他。有一个刚调入恩济庄派出所的年轻民警,把用完的警用喷雾器随手扔了,然后,去仓库领取新的。高宝来执意要求必须拿旧的来换。他解释了半天,也不行。一气之下去找所长,后经领导斡旋,终于拿到了新的警用喷雾器。这等于告了老民警的状,也算整治了高宝来。事情过后,他颇为忐忑。

不久,所里组织到郊区春游,这位年轻民警开了私家车。到了目的地,发现车子的底盘剐蹭了,漏了机油。大家陆续离开，只有高宝来留下了。他来到车子旁，说：我帮你修。鼓捣了半天，因为缺少工具，无法修好，只能找修车厂。高宝来跑前忙后，又是打电话，又是去给修理人员带路，忙活了一上午，直到修好了车子。

对于高宝来的"独孤求败"，所里大多数民警虽看不惯，表面却能维持基本的相处之道。但是，一个派出所就是一个小社会，体量虽小，人性善恶却是色彩斑驳。有高宝来，同样也会有"一马勺"。一个好人未必能够让世界变好，但"一马勺"就能搅乱一锅汤。某民警，人称"负"民警。因他有一歪理：不想立功，更不想升官，已经是民警了，还能降成负的吗？以此"三观"，他工作态度消极，一切唯我至上。确实，谁也无法把他再降职。"负"民警不违法、不违纪，也不触碰公务员辞退制度的底线。最多年终讲评时被末位淘汰。可是，淘来淘去，也无法把他淘出公安队伍，不过是从这个派出所再到另一个派出所。

这种人，大家躲都躲不及，高宝来依然我行我素，迎风而上。有一次，"负"民警见仓库里有收缴的麻将牌，就想要一副带回家。高宝来当然不会同意，便得罪了他。人前人后，恶言恶语。一天下班后，高宝来发现办公桌上有个古董花瓶，他连忙拿起来，送到了仓库里。这几天所里正在办一起倒卖假古董案，花瓶虽不值钱，却是重要的物证，必须认真保存。可是，他的一份好心却捅了马蜂窝。第二天，参与办案的"负"民警发现花瓶不见了，急忙到处寻找。

最后，找到了仓库。高宝来说：办案的物证，你应该认真保存，不能随便乱放。"负"民警觉得他公报私仇，故意藏起花瓶整治自己。于是，恶语相向。高宝来也犯了倔劲儿，吵得天翻地覆。惊动了所领导，他出面和稀泥，先批评"负"民警，又和颜悦色劝高宝来：以后，发现类似物品应该写在通知板上。

对"负"民警来说，这就是吃了大亏，于是，用最恶劣的手段欺侮憨实的高宝来。每到白天巡逻空隙，他就守在电话旁，拨打人家的手机。接通后，马上挂了；然后，再拨重复键，接通了，再挂上。"负"民警与高宝来在不同的警队，他上班时，正是高宝来休息时间。熬了十几个小时，刚睡着就被惊醒。高宝来又极具责任心，担心关了手机，所里有急事联系不到自己，只好强忍一次次的电话骚扰。

海蛟警长看不下去了，虽然与"负"民警和高宝来不是同一个警队，还是站出来主持公道。他找来所里几位德高望重的老同志，又找来"负"民警，说是谈一谈，其实就是开"批斗会"。海蛟警长开门见山，直截了当：你这么做叫缺德，不怕生个孩子没屁眼儿？其实，"负"民警早已结婚生子，并不存在这种风险，海蛟警长就是以此亮剑：有本事，朝我来。

"负"民警不怕所长、教导员，却惧着海蛟警长。人家能干、能说，有虎豹之霸气。还未开口，他就矮了八分，只能乖乖听几个老民警动之以情、晓之以理，从此，再不拨打骚扰电话。

六

高宝来不合常规的行为方式，不但败得一塌糊涂，也让自己愈发孤独。他言谈越来越少，烟也吸得越来越多。几个老"烟友"见他太压抑，逢休息日，就会拖上他去钓鱼。到了水库，人家拿出的鱼竿明媚亮丽，高宝来的只是一根线绑着鱼钩，价值十五元。

除了吸烟，钓鱼是他唯一的爱好。可是，坐在水库边，高宝来的心里也装着工作。巡逻出警不必操心了，就惦记着所里的仓库。一边钓鱼，眼睛并不在鱼漂上，却看见了十几米外的岸边有一堆被弃的旧绳子。扔了鱼竿，直奔过去，捡回来，像得了宝贝。大家诧异：你这是要干吗？高宝来说：可以用来围挡自行车，还可以拴警用路锥。

夕阳西下，打道回府。同伴拎着鱼，高宝来背着一堆旧绳子；别人回家炖鲜鱼，他回所里送绳子。就像严修的老和尚，行走坐卧念兹在兹，人家念的阿弥陀佛，高宝来则是眼耳鼻舌身意都记挂着工作。走到派出所门前，抬头一看，门楣上挂着的红布横幅，因多次使用，近几天又遭大风，中间撕开了口子。他将绳子送进仓库，又张罗换横幅。帮忙的民警说：太旧，扔了吧。高宝来说：不能扔，我有用。

破红布还能做什么？

搓成绳子，可以再挂横幅。

除了工作，高宝来只有苦恼。唯有妻子张利，从未责备过他的"独孤求败"，与丈夫琴瑟和谐。一个不喜欢吃肉，另一个就可以相随吃素；一个觉得工作以外的事都是浪费时间和精力，另一个就守着家和单位，两点一线，不偏不离。高宝来不给妻子买首饰和衣服，但会把全部工资放进抽屉里。张利开了工资也放进抽屉里，谁用谁拿。男人除了警服，不穿其他衣服；女人就忘了自己是女人，买条牛仔裤，穿了半辈子。两个人并不觉得苦，高宝来对妻子说"我这辈子只爱你"，张利便心满意足。

有一年休假期，派出所组织民警去青岛旅游，高宝来带上了妻子。丈夫一路关爱体贴，吃饭夹菜，上船扶着、搀着，张利满心欢喜，更加顺从丈夫。在火车上，有个年轻民警见人拿了德州烧鸡，半开玩笑，吵着要吃。高宝来给妻子使了个眼色，张利马上说，我去买。年轻人趁着高兴，又开了一句玩笑：嫂子，每个人都给买一只。她应了，所有人都以为是玩笑。结果，真的每个人买了一只，张利抱在胸前，开心得像个烧鸡妈妈。在她心里，只要丈夫高兴，就是自己最大的财富。

高宝来爱妻子，却无法为她遮风挡雨。自从与张利的领导争吵后，日子每况愈下。改革终于进入实质阶段，一阵轰轰烈烈的变动之后，张利被调出了图书馆。新工作是为印刷厂打工，整理印张。工作地点在研究所的一楼长廊，几十米长的桌子，要从这头走到另一头，按顺序分发印张。每天，张利从早走到晚，饱受油墨熏染。不但工作艰苦，还是一种精神煎熬。比高宝来还憨实的弱女子，明明受了欺侮，不会申辩，只会生闷气，半年多走下来，就走上了一身病。事情到此还不算完，改革要继续深入，这次，改没了印刷厂。别人都安排了工作，只剩下张利，领导说：没有岗位了。

张利问：我怎么办？

可以留在办公室打水扫地。

张利嗫嚅，半天才说：凭什么这么对我？

领导就坡下驴：不想干，可以回家。

张利就回家了。见了丈夫，不会哭，也不会多说。高宝来看着病弱的妻子，长叹口气，说：就留在家里吧。

他们的生活更苦了。张利不明不白没有了工资，只靠高宝来的薪水生活。孩子要上学，老人要赡养，自己要看病。张利说不出苦，只能熬磨自己，身体越来越差，高宝来身上的担子越来越重，连烟盒里的烟也开始杂七杂八。

那段时间，不巡逻出警的时候，高宝来就坐在仓库里，一边吸烟，一边用旧红布搓绳子。只有工作能分担他精神上的苦，待轮到出警班次，他立即披挂整齐，时刻准备出发。忽然想起还有几位民警的制服没有领，一拍脑袋，自语：嗨，这记性。然后，从架子上抱起新制服，逐个办公室去送。

这让他看起来有些滑稽，全副武装发制服。其实，高宝来还会全副武装上厕所、去食堂。只要轮到自己的巡逻班次,他连打个盹都全副武装。出警冠军舍我其谁,一些别人不愿意出的警,就落到高宝来的身上。民警刘国琪心疼他的憨实,经常尾随其后,两个人搭档出警。

最令警察头疼的警情,就是精神病患者闹事。比精神病患者更令人头疼的是极度偏执又不足以强制送进医院的闹事者。这类人以女性居多,警察们打不得、动不得,站在她们面前不出几分钟,负能量就会爆棚,五脏六腑翻江倒海。有时,还要将她们带回派出所,从早到晚,纠缠在"歪理"中,能滋生出无数癌细胞。

那天,高宝来和刘国琪就遇上了这样的主儿。女性,五十多岁。坐在街道办公室声称:今天不解决问题,就死在这里!至于是什么问题,只能说比莫须有还莫须有。街道是党的基层组织,党的基层组织就是给老百姓解决问题的,解决不了也要想办法。于是,几个干部轮番上阵,从早晨八点劝到晚上七点,结果依然是:今天不解决问题,就死在这里!无奈,报警。

高宝来进门就亲切地喊:姐姐。

女人横起眼珠:谁是你姐?不照镜子看看自己,几百岁了,喊我姐。

高宝来马上改口:妹妹,有啥事,跟我说。

女人东拉西扯,各种莫须有。说完了,警察更解决不了。

到了这种时候,高宝来自有天成的定力。在女人的叫骂声中,他找来面巾纸,弯下腰,像对自己的亲人,替她擦了头上的汗和嘴角的白沫,说:妹妹,你休息一下,我去给你买瓶水。

片刻后,女人手里不但有矿泉水,还有一个面包、两个苹果。

高宝来亲切地说:快吃吧,都饿一整天了。

见女人狼吞虎咽,又说:不急,慢慢来。然后,对旁边的街道干部说,你们回家吧,办公室交给我,保证照管好。

其他人都离开了,只剩下两个警察和一个女人。

吃完了东西,高宝来见她显出疲惫,连忙趁热打铁:妹妹,我送你回家吧。

刘国琪也跟着帮腔:坐我们的警车。

两个警察、一辆警车亲切相伴,大概是这个女人从未得到的呵护。她跟着高宝来和刘国琪上了车,问:大哥,以后,我还可以找你吗?

高宝来说:行,我经常在这附近巡逻,你有困难就找我。

女人啜嚅:亲哥,亲哥⋯⋯

多么美好的结局,可惜不是结局⋯⋯

从此后,女人盯上了警察的巡逻车。只要见到,就冲过去,喊着找亲哥。人家问:亲哥是谁?立即捅了马蜂窝,祖宗十八辈轮番骂个遍。终于,有一天,又遇上了高宝来。正是寒冬腊月,女人跑进旁边的小饭馆。刘国琪以为要给亲哥买饭,结果,她端了一盆水跑出来。高宝来猝不及防,女人就将整盆的冷水泼到了他身上。然后，破口大骂：王八蛋，这么多天，你死哪儿去了……

高宝来冻得浑身发抖，也不恼。依然和颜悦色：妹妹，有啥事，我……

还未等说完，女人的嘴里又喷出了"地狱"，一边喷，一边冲上来，抓挠高宝来。揪住了肩章，又去扯皮带。高宝来依然不恼，只握住她的手腕，说：你松手，你松手。

见围观的群众越来越多，刘国琪说：把她送回所里吧。

高宝来说：她骂爹、骂娘的太难听，到所里，会影响同事们办公。于是，拽着女人的手腕，一边哄，一边拉，总算弄到了巡逻车上。

安置女人坐下，又和颜悦色解释：这几天值班，没到街上巡逻，你别生气，有啥事，我帮你办。

随后，上一次的戏又从头演一遍。熬磨了大半天，女人坐着警车回了家。

从此，她成了两个警察挥之不去的梦魇。巡逻时，有群众问路，高宝来刚踩下离合器，车门就被拉开了，女人像搭公共汽车。于是，相同的戏又演一遍。

正在处理交通纠纷，猛回头，就见女人坐在警车里，摇下车窗，津津有味看热闹……

高宝来和刘国琪毕竟公务在身，总不能天天开着警车送她回家。巡逻时，就多了一项任务，观察附近有没有女人的行踪，一旦发现，踩了油门就跑。也有跑不及的时候,高宝来依然故我,嘘寒问暖:吃饭了吗,最近身体怎么样……

恩济庄派出所在李莲英守墓人的房子里熬了几十年,终于迎来了云开日出。政府批了地,开始建新楼。北京的地皮贵如金,巴掌大方方正正的一块,想装进一百多号既要吃又要住的民警,只能起高,设计图纸十一层楼,要问谁爬得最多,非高宝来莫属。

新所筹建伊始,所长将监理工作交给了他。得了这支大"令箭",高宝来就把自己扔进了工地里。什么水泥标号、用多少钢筋等等,统统都要过问,比包工头还包工头。整天跟建筑民工滚在一起,水一身、泥一身,人家问:我们挣钱,你挣啥?

大楼建好了,高宝来更忙了。哪里走网线,哪里装电话,电脑怎么摆,桌子怎么放,事无巨细,亲力亲为。电梯还没有安装,他只能一层楼一层楼爬,上上下下,反反复复。

总算安顿就绪,只等着散了装修的气味。所长说,把大门锁上就行。高宝来不放心,搬了行李,独自住在大楼里。盖了楼,守了楼,他匍匐在恩济庄派出所的最底层,就像地基,将承载一代又一代的后来者。

派出所搬家时,正逢2008年奥运会。全所民警忙得一个萝卜八个坑,高宝来责无旁贷,独自承担了搬家任务。带领十几个大学生志愿者和所里的保安,开始了蚂蚁搬家似的征程。干了活，要吃饭，要喝水，高宝来就自掏腰包。掏来掏去，掏出了几个月的工资。大学生志愿者来自外地，大多是第一次进京。高宝来在搬家之余，带着他们看故宫、逛颐和园，中午还请吃饭，一来二去，又花了几个月的工资。学生们感受到了派出所的温暖，高宝来却难心了。毕竟，他和张利的生活极度清贫。有人劝他，去找所里报销。高宝来在领导门口徘徊了几次，最终，都以回到宿舍抽闷烟收场。

所有的民警都搬进了新楼，他又回去"守墓"。搬家后，留下的破破烂烂，还是他的宝贝。上面都贴着固定资产的标签，要一一清点，等待交接。他把一台早已不能启动的空调拆下来，连安装的螺丝钉都一个一个装进了小塑料袋里，交给了负责接收工作的分局警保部人员。

正忙着，新所里的民警打来电话：高哥，我的衣柜里没有横杆，怎么挂警服？高宝来连忙跑回去，发现因为安装疏忽，有不少衣柜没有横杆。他又一头扎进了新所仓库，拖出了几根塑钢管，这是高宝来在建所时捡的"破烂"，终于派上了用场。他量好尺寸，一根根锯好，然后安进衣柜，比原装的还妥帖。

有女民警说：高哥，我们宿舍少个穿衣镜。高宝来又像变戏法一样，从仓库里搬出了一面大镜子。上面印着毛主席语录，还衬着红花绿叶。这是在几年前，附近另一个派出所与恩济庄派出所合并时，高宝来用自行车驮回的"遗老"。他收进了老所的仓库,又搬进新所,倒腾来倒腾去,终于让"老革命"找到了新位置。

可是,十一层楼,数十个房间,后来,竟没有高宝来的一席之地……

第四章　成　长

一

二十世纪五十年代，罗瑞卿同志提出了"群众路线与专门工作相结合"的公安工作基本方针。这里的含义是，我们努力做好群众工作，调动他们参与社会面治安管理的积极性。在改革开放之前，依靠这个方针，通过一代又一代基层民警的不懈努力，广大人民群众积极提供破案线索，参与群防群治，筑起了预防犯罪的铜墙铁壁。可是，在当今社会，随着人口大量流动和邻里人情趋于淡薄，铜墙铁壁渐渐消弭。更加严峻的是，各种社会问题令部分群众满怀负面情绪，只要某种矛盾激化，就有可能危害社会公共安全。

2010年，全国公安系统进一步加强公安派出所建设，北京市公安局率先提出了前置基层基础工作，实行二十四小时驻区民警制,将警力摆到老百姓家门口的试点工作。这项改革措施,就是让已经处于基层的派出所民警继续下沉,突破机制底线,探索群众工作的新思路。

俗话说,理想很丰满,现实很骨感。对于许多基层警察来说,装在警服里的梦想与老百姓并无二致——挣得更多,地位更高,过得更好。即使所有的警察都对着党旗、警徽宣过誓:全心全意为人民服务,为共产主义事业奋斗终身!可是,真正把这种伟大理想等同于自己的美好生活,还是难于上青天。所以,改革除了伟大构想,最需解决的就是如何让实施计划与普通民警的基本生活追求相互兼顾。北京市公安局推出了符合条件的下沉民警可晋升一级,并且还打破多年的任职地域禁忌,可就近甚至下沉至自己居住社区的实施方案。

待遇不可谓不优厚。在人才济济的北京公安队伍,副处级比例接近于百分比的小数点以后。可是,大家依然难为所动。相比较于普通社区民警,二十四小时驻区民警的责任与压力更大。用通俗的话说,现如今,这项工作早已没有了"卤子",全剩下了"雷",并且是大雷、小雷、无数的雷。

在严苛的纪检、督察、考核框架下,几乎所有的公安业务都指向社区民警;几乎所有的制度都指向社区民警;几乎社会面上发生的任何危害事件,最后都可能归结到社区,一旦启动倒查程序,社区民警首当其冲要扛"雷"。

可是,这项工作又是公安业务的地基。说千道万,服务、管理、防范的都是人,而人又都居住在社区里。从工作难度上说,看起来不过是东家走、西家串,与居委会大妈聊聊天;其实,要管理好、做好人的工作,是世界上最难的业务。高宝来的父亲过去常说:"不让人家得利益,怎么能让人家念你好?"这句大实话、大俗话,揭示了做好人的工作的最深刻本质——要付出,付出得越多,别人越念你好。进而,才能实现与他们的良好互动与沟通。

付出即是苦行,要心中无我,唯有他人。大而化之,就是我们的誓言——全心全意为人民服务,为共产主义事业奋斗终身!

说到底,社区民警工作需要极高素质人才。并不在于学高八斗或者博士、硕士,而在于无比高尚的精神素质——敢于面对苦行、难行,脱离了对美好生活的低级认识,从思想深处解决了入党、入警誓言与个人幸福的矛盾冲突,才能把社区工作干到符合社会发展、公安改革理想和百姓切实需求的境界。可是,把苦行、难行等同于美好生活,解决这样的思想问题,在当今社会,比所有的改革都更加艰难。

新的警力下沉计划,落实到恩济庄派出所,还是当年"小诸葛"的难题:谁去?谁不去?几个领导研究了半天,就研究出了高宝来,理由既牵强又充分。

牵强的是,高宝来已经五十四岁,从未有这个年龄的人当社区民警；而充分的理由是：原本已经定下的人选，因身体原因坚辞不受。高宝来正住在拟分配给他的管区，符合就近安排的原则。

当主管副所长刘国明找到高宝来说出了这个决定，憨实的人一如既往，只说：我从未接触过这项业务，怕干不好。刘国明说：没关系，有我呢。

这件事就算谈妥了。

驻区民警选拔终于落了幕，大家都松了一口气，目光又集中到了高宝来身上。有人摇头叹气：太傻了！有人则毫不客气：有病！

这些话虽然刻薄，却在别人的"情理"之中。明明可以有许多理由拒绝：年龄太大，不会用电脑，从未接触过社区工作等等。虽算不上冠冕堂皇，提出来，领导们也无法漠然视之。

为此，还有更极端的嘲讽：显能耐，想进步！

高宝来不傻，别人怎么想，他全都知道。只是，他比大家想得多。如果，自己拒绝，领导就要为难，其他民警又要人人自危。高宝来一生奉行"我不合适没关系，大家合适就行"的处事理念，他心里的那盏灯，无论照到哪里，坎坷还是苦难，都静静地散发着暖黄色的光。

前方是一条英雄之路，楷模之路，更是一条舍身之路，牺牲之路。

女民警侯占军看出了危机，试图劝阻高宝来。

你答应了?

高宝来茫然:答应啥?

下沉驻区啊。

他无语。

侯占军有些急:你答应了,是吧?

高宝来无言以对。

侯占军脸色泛了红:不用说,就你这"傻轴"的劲儿,肯定是答应了。

你咋知道?

还用说吗,全所的人都知道了。国明所长开完会就进了你的屋,你要是能讲条件或者不答应,我这"侯"字都能倒过来写!

嗨,为这事,把你的姓倒过来写不值得。

侯占军拉过一张椅子说:你坐一会儿。

高宝来有些犹豫:坐下来,就要抽烟。

侯占军说:你就坐下吧。说着,找了个烟缸,放在他面前。

高宝来坐下,掏出烟。

等他点上了,侯占军说:现在还来得及,去找所长谈一谈。

谈啥?

你说谈啥?侯占军又有些急:社区民警这活儿,你干不了!

高宝来闷声道:有什么干不了?

你会电脑吗？能打字吗？所有的报表加起来有几十张，全都需要在 excel 表格上完成，你会吗？侯占军连珠炮般说完了这些话。

在治安总队时，倒是练过……

得，得，得，那都是哪年的陈芝麻烂谷子？已经过去二十年了，电脑发展得比你都复杂。

可以学嘛，我就不信有什么事情是学不会的。高宝来皱起了眉，话头里含着倔劲儿。

侯占军无奈：好，好，好，就算你能学会，我也相信你能学会。但是，干上社区民警，你真能把自己累死！

高宝来一脸困惑：这么多社区民警，没见谁累死呀。

就是能把你累死！侯占军说着，眼睛泛红：平时，在所里，你连发几张复印纸都要登记。社区居民基础数据，一天一千个变，什么租房的、搬家的、探亲访友的，按要求都要掌握。照你这"傻轴"的劲儿，天天登记这个就能把你累死。再加上旅店、饭店等从业的外来人口，一天更是无数次地变，你说说，你能随便在表上做个加减就完事？不但能把你累死，还能把你气死，你还能把别人也气死！

高宝来笑了：你这话说得也太玄了，什么死不死的。

侯占军气急：我打个最简单的比方吧。就是你管区里的那个餐厅，有几十号外来务工的年轻人，流动性非常大。你见天儿去，拿个本子：谁来了，谁走了，登记！哪个老板愿意你这么折腾，人家要挣钱，简直烦死你。当然，你是社区民警，人家不能把你怎么样，天天躲着你，行不行？

高宝来有些困惑：我们的工作扎实，对餐厅老板也是好事。现在社会这么复杂，万一有逃犯混在里面，不就是隐患吗？

侯占军道：你要我怎么说才能明白？人家不需要你工作扎实！

他们需要什么？高宝来更困惑了。

侯占军一字一句：需要你认认真真地糊弄！你会吗？你能吗？不但永远学不会，你还能跟人家较上劲，就这么干，不长癌细胞才怪！

高宝来站起身：听你这么说下去，啥也不能干了，我还不信这个邪呢！

侯占军口气软下来：高哥，我求求你，快去跟领导谈一谈，你不适合这个工作。再说，我嫂子身体那么差，你在所里，不论怎么忙，总还有个休息时间，可以照顾她。这次下沉，要求二十四小时驻区。照你的工作方法，真的连一分钟休息时间都没有，你和嫂子都会被拖垮的。

高宝来说：谢谢你的好意。其实，我也犹豫，倒不是怕苦，就怕干不好。但是，所里领导已经定了，我怎么好意思让国明所长为难。再说，干了半辈子警察，眼瞅着就要退休了，才接触了真正的公安业务，我努力几年，争取个圆满的结局。说完，掐灭了烟，转身离开。

侯占军追着他的背影喊：你已经是副处级了，到了基层民警职位的天花板，还能图个啥圆满？

是的，所谓圆满，不过是去做从未做过的社区民警工作，是高宝来的自我安慰而已。其实，支撑高宝来义无反顾走下去的，还有一份温暖情愫——他与刘国明副所长之间微妙而深厚的战友情谊。

他们都曾在北京市公安局治安总队工作。刘国明入警时，神使鬼差进入了特警队中的潜水队，专门司职打捞尸体。投了河的人，不能永远待在水底，要有一支公安特警队给他们最后的救助和尊严。那种河水，带着铅块都扎不下去。扎不下去也要扎，总算下去了，一片混沌中，什么都看不见，只能听见氧气瓶的咕噜声。十米以下的河水永远保持在四度，寒冷更加深了恐惧。再怕也要摸，摸到了就不能撒手，否则，转眼就会无影无踪。捞了三年，刘国明的生活里、精神中，全都是触碰尸体那一刻的感觉。于是，只好申请离开特警队，下沉到恩济庄派出所。

不久，高宝来随后而至。同为治安总队下沉民警，自然有些亲切感。一同值班时，睡在上铺的刘国明经常做梦扎河水。结果，一头从上铺扎下来，摔到地上，令高宝来对这个小老弟怜惜不已。但刘国明毕竟是强者，聪明能干，很快就在派出所里打开了局面，这又让高宝来对他有了几分依赖心理。刘国明也不含糊，经常暗地里帮衬他。从警长升任副所长后，每到警队重组之际，刘国明就会点高宝来进入自己的队伍，避免这个"独孤求败"的憨实人，陷入没人要的尴尬境地。

当然，刘国明也并不全都是为了当"救世主"，他也有他的精明算计。除了高宝来，还点老民警焦宝三和汪祥的将，使他们组成最强铁三角，成为刘国明警队的守护神，名曰："鸡贼"战队。有这"三老"做底，就不怕另外十几个年轻民警出纰漏。每到出警，刘国明心里就有底。

遇到强悍的酒蒙子，一声令下：喷雾罐！后面的焦宝三立即送上：在这儿！

精神病持刀闹事，刘国明一伸手，高宝来的钢叉就递了过来。

最"鸡贼"的是汪祥，需要戴手铐的主儿，只要刘国明一个眼色，咔！干净利落，分秒间搞定。

年轻民警出纰漏在所难免，他们的成长需要艰苦历练甚至是带着血的经验教训。有了"鸡贼"战队，就能将他们受伤害的可能性降到最低。

基层派出所领导带队伍，除了靠思想教育，还要靠感情维护。谁都不傻，要想民警对你有感情，绝对要出力吃苦。在底层，他们没有指点江山的资格，只有身先士卒。几年中，刘国明拳打脚踢，带领自己的警队，打击破案、巡逻防范，样样名列前茅，渐渐露出了"不会被拍死在沙滩上"的光明前景——未到三十岁已任副所长，继续晋升，指日可待。

但世事无常，一起意外事件断送了他的前途。某嫌疑人趁熬夜的民警不注意，吞了藏在裤裆里的砒霜。刘国明因此背上了处分,再与晋升无缘。并不是领导要把他一棍子打死,而是在几万民警的队伍里,晋升的竞争就是这么残酷。干得轰轰烈烈又绝对不出错的优秀者比比皆是,哪容得下背了处分的人。所以,刘国明的前程从此一目了然:在副所长的位置上一干到底。当然,尽管什么事情都不会一锤定音,但刘国明翻身的概率比"祖坟冒青烟"都小。

人民警察队伍的可爱之处就在于,无数基层民警明知前途不过是落得一身熬夜病,最后只能"被拍死在沙滩上",依然无怨无悔,不放弃,不自馁,坚守在打击犯罪的第一线。千千万万的民警如此,刘国明也如此。他是强者,强者不会让眼泪飞。而这一切,高宝来都看在眼里,也疼在心里。接了下沉这个"雷",就不会让他为难。这是一个弱者对强者的怜惜之情。爱弱者,是慈悲;爱强者,更是慈悲中的慈悲。

同时,多年的相处,也让高宝来与刘国明建立起了宝贵的信任。所以,当刘国明说"你放心,有我呢",高宝来就一头扎进了社区,扎进了人民群众的广阔天地。

二

凛冽的清晨,高宝来警容严整,身披"八大件",斜挎一只黑色提包,手里提着铺盖卷,走出了派出所大门。来到停在门旁的一辆警用电动自行车前,将铺盖卷绑妥,准备出发,听有人喊道:这是要"下沉"去了?高宝来回头看,见是汪祥从私家车里探出了头,跟他打招呼。便应:今天正式报到上岗。

汪祥下了车,走到他面前:昨晚没回家?

是的,把仓库整理了一下,档案、登记本也弄了弄,顺便收拾了宿舍。

汪祥看着他的铺盖卷说:你这是要"吹灯拔蜡"?

高宝来说:所里在解放军医院安排了警务站,就不占着宿舍了。

嗨!汪祥收了笑容:哥呀,这么大一栋楼,不差你一张床,何必呀。

所里还有不少辅警住不上宿舍,夜里来夜里去的,太辛苦。

汪祥急了:那是领导的事,你瞎操什么心?没有了宿舍,万一回所临时勤务,你怎么休息?

没关系,随便凑合一下就行。

半夜十二点挤我的床?

不会的。岁数大了,觉少,熬一熬就过去了。

汪祥不忍再说,见高宝来的棉帽子耷拉下一只耳朵,伸手帮他整了整:哥,你千万悠着点儿。社区民警这活儿,每分钟干,每分钟都有活儿;你不干,天也不会塌下来。你可千万别"傻轴"死干,真会累死的。

高宝来说:你当过七八年社区民警,经验丰富。弄不懂的事,还真要向你请教。说着,跨上电动自行车,回身打开了插在后座上的警灯。

汪祥看着他臃肿、笨拙的身姿,鼻子发酸,嘴上却在抹油:哥,你这自行车挂只电瓶,画几道蓝白杠,后屁股转个警灯,能上动画片了。

高宝来发动了车子,说了句:走了,就驶出了院子。脑袋上的一只帽耳朵又耷拉下来,在寒风中抖动。

在解放军某医院办公楼西北角,有一处水泥外壳临建小屋,位置逼仄、形态尴尬,门头上挂了崭新的红色横幅:高宝来警务工作站。屋里只有四平方米的地盘,一张办公桌和椅子占去了半壁江山,屋子里没有窗户,进门就要点灯。是古老的灯,就像高宝来童年时街口的那盏路灯,戴着圆帽子。

高宝来点了灯,从提包里拿出套了彩色塑料网兜的大号雀巢咖啡玻璃瓶,拧开盖子,喝了里面的浓茶,又掏出烟,点燃了,才发现没有烟缸。四下看了看,在办公桌后面的墙角处,有一个八宝粥空罐,就捡了起来。罐子里面有些灰尘,他用嘴吹了吹,放在桌子上,当了烟缸。安置好了这些家当,他一边吸烟,一边拿出了黑色大笔记本,写上:2010年12月23日。

从这一天开始,高宝来与这家解放军医院结下了不解之缘。他的管片是家属区。因部队的历史沿袭,它就套在医院的大院里。属于你中有我,我中有你的格局。高宝来下社区，首先，要进医院大门，这里发生的治安问题，顺理成章，就摆在他的眼前。

社区民警的职责在家属区，对于一般医院，公安部门会配备专门的驻院民警。这家解放军医院没有配备，是因为有自己的保卫部门，可以随时处理突发事件。只是，军人与警察毕竟有区别，没有执法权，威慑力不够，让他们的工作困难重重。

高宝来的到来，改变了这种状况。在他心目中，警察就应该管事，无论是片儿警还是驻院民警；无论是发生在居民区还是医院里，都责无旁贷。并且，他的介入，还加强了保安管理。由此，这家医院形成了独特的治安架构：社区民警、部队保卫干部、保安三位一体，二十四小时全天候、全方位的防范网络。

这是一种创新，并不是高宝来有意而为之，部队领导也没有奢求这件事，一切都是在无形中悄悄地发生了改变。

"2010年12月23日"，高宝来刚写下这几个字，就响起了敲门声。

他一边说请进，一边掐灭了烟头，站起身。

门开了，走进一个女孩，羽绒服里，套着白色的护士服。怯生生地说：我能报案吗？

高宝来问：你在这里的医院工作？

嗯。

要报什么案？

我的手提包锁在柜子里，刚才，发现钱包不见了。

去找保卫部门了吗？

女孩嗫嚅，接着红了眼圈：身份证、银行卡还有600多元钱都丢了……

高宝来说：别哭，我帮你想办法。接着，拿起笔，详细做了记录。

女孩见他写完了，说：谢谢您。然后，转身准备离开。

高宝来说：我去你们科室看一下。

女孩喜出望外：您这就去破案？

高宝来和女孩来到护士休息室。他仔细查看柜门，并没有发现破坏的痕迹。便问女孩：还有谁有钥匙？

郑莹莹，我俩共用一个柜子。

你去问过她，见到你的钱包了吗？

问过了。她今天不在班，只是来参加培训会，不用换衣服，所以，也没有开柜子。

哦。高宝来若有所思：这样吧，我去找保卫部门调一下录像……

还没等他说完话，外面传来了一阵喧闹声，夹杂着男人的哭喊：我女儿是被你们治成了残疾，没有办法了，就让她死在医院里吧。

高宝来连忙对女孩说：你先去上班，我调了录像，一定帮你认真查一下。

说完,他走出护士休息室,来到走廊上。只见哭喊的男人正在推搡一名军人,在他们旁边的活动病床上,躺着一个腿上缠满绷带的女子,正捂着脸抽泣。高宝来连忙走过去,说:我是驻区民警高宝来,发生了什么事情?

哭闹的男人见来了警察,立即收敛了很多。那名军人像见了救星:警察同志,请你帮帮忙。然后又连忙自我介绍:我是医院的保卫干事,姓蔡。这位患者已经出院了,家属又给送了回来……

还未等他说完,男人就抢白道:我女儿已经残疾了,医院必须负责!

她伤情太重,我们也没有办法。

男人听了,又要推搡蔡干事。

高宝来打开肩膀上的执法记录仪,说:有什么事情可以谈,不许骂人,更不许动手。

男人收了手,又不甘心,嚷道:今天不解决问题,别想让我离开这里!

高宝来说:行,我想办法给你解决。

男人愣住了,一时语塞。

蔡干事有些急,压低声音对高宝来说:医院真的没有办法了。

可也不能让他就这样闹下去。

蔡干事点头:您说怎么办?

找个办公室,先把他请过去再说。

医务部小会议室的桌子上,摆着几份病历。

高宝来说:医院的同志已经解释清楚了,所有的治疗都没有纰漏,患者的残疾确实是因为伤情太重,已经无法挽回造成的。

男人低头不语。过了片刻,抬起头,说:我拿这个女儿没有办法了,你们看着办吧。

蔡干事说:我们是医院,能怎么办?

高宝来问:孩子是怎么受伤的?

男人眼里有了泪:我们住的房子着火了,东西烧没了,孩子也成了残疾,我没有工作,拿什么给她治病?

蔡干事说:可以去找民政部门。

男人说:去了,没用。

高宝来问:怎么会没用?

反正没用。

蔡干事:你到医院闹,没有道理。

你们不是解放军吗,把人治残疾了,就应该管!

眼看着话题又回到了原点,高宝来说:我去给民政局打个电话咨询一下政策。

说完,放下手里的笔记本,拿起了手机。辗转了几次,终于接通了某区民政局主管副局长:

我是恩济庄派出所民警高宝来,想咨询一下居民房被烧，有什么相关政策可以解决困难？

同志，是您家出了事吗？

不是，我帮一名群众咨询。

你说的人叫什么名字？

于某某。

他的情况，我们了解，已经拨付三点八万元，正在修缮房子。

可是，他本人说，问题还没有解决。

对方顿了一顿：警察怎么还管这种事情？

高宝来连忙解释：于某某带着女儿到解放军医院要求赔偿，我正在调解。

哦，是这样。他的问题挺复杂，要求太过分。

高宝来说：他本人没有工作，确实有些实际困难，能不能再想想办法。

对方叹了口气：同志，我很欣赏你的工作作风，但我们确实无能为力。房子修缮款有限，于某某却要求装实木地板。

高宝来说：我可以跟他谈一谈这件事。另外，他的女儿已经残疾，有没有相关政策，可以帮她解决将来的医疗问题。

我们经研究决定，为她办残疾证，却被于某某拒绝了，执意要求给她找工作。

高宝来说：情况我已经了解了，谢谢你，我再给他做做工作。

男人听完了对话，自知理亏，但还不甘心，说：我们现在没有地方住。

蔡干事忍不住：就打算住进我们医院？

高宝来连忙用眼色阻止了他，对男人道：人家民政局正在修缮房子，你理应投亲靠友，先落个脚，坚持一段时间。

我们是外地来的，在北京没有亲友。我自己还好说，拖着个病人，谁愿意收留。

高宝来沉吟片刻，又拿起手机拨通了民政局副局长的电话，诚恳地说：于某某在北京没有亲友，房子正在修缮，他们确实居住有困难，能不能找个解决的办法？一边说，一边走出了屋子，来到走廊里。

哎，你这位同志，我们还能怎么解决？

我详细听了他的情况，房子是因楼下饭店用煤气不当引发火灾被烧的。于某某的女儿因此残疾了，他心里确实过不来。您费心想想办法，暂时安置一下，让他过了这个坎，我们都好做工作。

对方沉默了片刻，说：这样吧，我联系一下福利院。

高宝来回到屋里，对男人说：民政局的领导已经跟我谈了相关情况。你女儿的残疾证必须办理，否则，将来的医药费无法进入医保。

男人连说：好，好。

另外，人家帮你联系了福利院，先把女儿送过去，以解燃眉之急。

男人听了，脸上露出了感激之情。

高宝来对蔡干事说：请医院写一个今天的情况说明，你们双方签个字。

男人还想分辩，蔡干事说：高警官已经联系好了，你的事情应该去民政局解决，留在医院，也没有什么作用。

男人想了想，终于，点了点头。

送走了男人，蔡干事千恩万谢：高警官，今天，如果不是你加入调解，还不知要闹到什么程度。

高宝来说：不必客气，我的工作也需要你们的支持。

蔡干事试探道：以后，再遇上类似情况，可以找你吗？

当然。高宝来一边说，一边找了笔和纸，写下自己的手机号码交给了蔡干事。

太好了！我们这就有了靠山。

高宝来笑说：你是部队军官，我可不敢当靠山。

蔡干事道：不瞒你说，发生了这样的事情，我们打不得、骂不得，还说不得理。你来了，就有震慑力。

高宝来道：客气话不说了，我还有一件事需要你帮忙。早晨，接到了一名护士报案，柜子里的钱包丢了。我想去你们的监控室查看一下录像。

蔡干事皱了皱眉：她咋跑到你那里去了？

我也纳闷，你们不是有保卫部门吗？

蔡干事犹豫了一下：护士们大多是应聘而来的，出了事，科室就要被扣分，她们也会受影响，所以，不愿意到我们这里报案。

高宝来听了，马上说：没关系，我是社区民警，找我报案也是正路。

蔡干事看了看表：已经到中午了，我们先去食堂吃饭吧。

高宝来说：不用了，先看录像。

蔡干事道：不吃饭怎么行？

我家就住在旁边社区，老伴等着呢，看完了录像，回去吃。

两个人来到了监控室，高宝来说：你先去吃午饭吧。

蔡干事说：也好，我下午有个会议，就不陪你了。

等看完了录像，咱们再商量对策。高宝来说着话，眼神已经黏在了荧屏上。

午夜，蔡干事的手机骤响。

咱们的人让派出所抓走了！电话里传来焦急的声音。

为什么？

说不清。领导让你协调一下，搞清楚状况。

好的，马上办！

蔡干事翻身下床，看看表：十一点四十分。不禁自语：这个时间，找谁协调。

打开手机通讯录，找到派出所领导电话，又犹豫了。万一涉及案件，自己此时打电话，实在不妥。可是，不打，医院领导又在等回音。

蔡干事思来想去,急出一身冷汗。忽然,想起了高宝来。这个老警察看起来厚道、憨实,白天分手时还说,有困难可随时联系。于是,硬着头皮拨了他的手机。一边按号码,心里一边念叨:千万别关机!

谢天谢地,高宝来的手机居然通了,铃响不过三次,他就接听了电话。

蔡干事语无伦次:高,高警官,你休息了吗?在哪里?

高宝来道:我在警务站,别着急,有什么事慢慢说。

太好了,我这就去找你!

蔡干事穿着拖鞋从宿舍跑出来,远远地就看见警务站亮着灯。他连忙加快了脚步,跑到门前,迫不及待冲了进去。

高宝来正在吃饭,见到他的狼狈相,差一点儿惊掉了筷子:出了什么事?你咋穿着拖鞋跑出来了。

心急如焚的蔡干事,看见高宝来的饭碗,霎时愣住了,忘了自己的事情,脱口道:你就吃这个,茶水泡大饼?

高宝来波澜不惊:嗯。

这么冷的天,你怎么吃得下?

我这个人,从小苦惯了,吃啥无所谓,填饱肚子就行。说完,高宝来站起身:你坐吧。

蔡干事环顾四周,屋子里只有一张桌子和一把椅子。要请他坐,高宝来就要站着。桌子上放着大玻璃瓶茶杯,里面已经没有了水,只剩下厚厚的茶叶。旁边的八宝粥罐里塞满了烟头。

他不禁心酸:高警官,这里的条件太简陋了。

我觉得挺好,说说你的事情吧。

听说部队里的人被抓进了派出所,高宝来也吓了一跳,连忙拨了所里的电话。

半个多小时后,终于搞清了状况。原来,医院门口有两棵枯死的树,影响交通,总务部门准备将树砍掉。白天来往车辆行人多,便安排在晚上九点以后。几个人正在砍树,被派出所巡逻民警发现,带回所里审查。

弄清了事情的原委,两个人都松了一口气。

高宝来端起饭碗,将里面的冷茶水泡大饼吃完。

蔡干事鼻子有些酸,说:明天,我去院里协调,给你办张饭卡。

这不合适吧?

没啥不合适,你在这里工作,总不能天天吃茶水泡大饼。

高宝来有些不好意思:本来要回家吃,忙起来就忘了。到了这个时间,老伴睡了,我就凑合一下。

蔡干事瞪大了眼睛:你一直工作到现在,没回家?

高宝来岔开话头:我正想跟你说一说看监控的事。护士的钱包被盗,不是内部人员所为,而是外来流窜作案。说着,高宝来拿过笔记本,推到蔡干事眼前:嫌疑人一早就进了医院,在各个楼层转悠了半个多小时,终于找到了下手机会。趁护士休息室里无人，钻了进去。我分析，他是用小工具捅开了柜门，偷走了钱包。

蔡干事一边听，一边看高宝来的笔记本，只见上面密密麻麻地记着嫌疑人在每个时间段的行踪。不禁感叹：高警官，你的工作太细致了，这样一帧一帧画面连接起来，要下多少功夫。

高宝来道：一直看到了晚上七点多，本来想去找你，但我还有几张报表需要回所里上报分局。年龄大了，弄电脑手头不利落，一忙，就到了半夜，只好等明天再说。

蔡干事站起身，握住高宝来的手：医院经常发生盗窃案件，有你帮忙指导，我的工作就好干多了。这样吧，明天，我一起协调，给警务室安张床，配上电脑，再接上一部内线电话！

如此这般，社区民警高宝来就接下了一项可看可不看、可管可不管、更可以推托的职责，在这家医院里扎下了根。

三

不久，蔡干事获得提拔调离，年轻能干的陈参谋接替了他的职位。上任伊始，即面临严峻的考验。大门口，各种无证商贩云集。患者本就多，再加上这些人，上厕所的、打开水的、送货的，鱼龙混杂，搅得医院内外乌烟瘴气。当时，医院里还是土路，主楼又正在装修。住院患者和陪护家属为图方便，动辄从楼上扔杂物，倒脏水；不法之徒趁乱掏包、溜门、撬锁，防不胜防。另有变态男子，时常溜进女厕所，顺着隔板偷窥、用手机拍照，甚至用废针管喷射不明液体，吓得女医生和护士惶惶不可终日。医院雇请的保安队，人数不少，作用低微。到了晚上，三十多人的队伍，经常一个人都找不到。更有甚者，他们自己都成了不法之徒的侵害对象。有一天晚上，小偷溜进保安宿舍，偷走了电脑。陈参谋第二天查看录像，发现小偷就像进了自家门，偷了电脑，喝了桌子上的啤酒，又抽了根烟，才大摇大摆离开。而值班的保安，因喝酒打游戏到深夜，睡得天昏地暗，丝毫没有察觉。

　　为此焦虑不堪的陈参谋，整天在医院里疲于奔命，管了治安，管卫生，忙得不可开交，却收效甚微。上任第二天，他曾见过高宝来。为了保证医院班车顺利进入，清晨六点多钟，陈参谋便来到大院里。路过警务站，只见它窝在东西两座二十层高楼中间，难见阳光，又冷又暗。里面亮了灯，隔着门望进去，一个头发花白、肥胖臃肿的老警察正在吸烟，桌子上的八宝粥罐内堆满了烟头。这令他颇为失望。且不说，警察毕竟不是医院里的人，求助起来有些隔膜。即使没有隔膜，这个老警察看起来，也很难发挥作用。在陈参谋的心目中，高宝来不过是派出所里临近退休、无法安排的老同志，送到这里应景儿而已。可他万万没有想到，正是这个头发花白、肥胖臃肿的老警察，成了他和解放军的靠山。

陈参谋整天在医院里上下左右奔波，不久，便发现了一件奇特的事。每个护士站接待桌面的角落，都放了一小盒名片，拿起来看，上面赫然写着：驻区民警联系卡，姓名：高宝来，警号039550，联系电话133311×××××。同时还配了照片，上面的人，年轻英俊，一脸正气。

护士们说，这张卡片是驻在大院警务站里的那个老警察送来的。还说，只要有事情需要帮忙，就可以给他打电话。

陈参谋颇疑惑：你们打过电话？

是的。

他接吗？

每次都接。

能帮忙吗？陈参谋越问越疑惑。

帮忙。并且，很热情。

陈参谋听了，大为感动。

当晚，北京下起了瓢泼大雨。到了第二天下午，地势低洼的挂号大厅就进了水。陈参谋听说后，连忙赶到现场。只见高宝来已经混在工作人员中，扫水，搬桌子，忙得不亦乐乎。他虽身材臃肿，却极舍得下力气。皮鞋和裤腿都泡在水里，似乎也没有察觉。那神态和动作，看起来就像自己家被淹，实实在在地急，实实在在地忙。陈参谋看在眼里，感动得一塌糊涂。从此，与高宝来成了无话不说的好搭档。

无论刮风下雪、暑寒春秋，陈参谋每天清晨六点之前来到大院，高宝来或早一点或晚一点，也是风雨无阻。两人见了面，打个招呼。然后，一个院里，一个院外，在川流不息的小贩、来往公交车之间，疏导交通，保证医院的十余辆班车顺利进入，医生、护士准时到岗。

一个军官、一个警察护送班车进大院，看起来，颇有虚张声势之嫌。殊不知，以前，这里天天上演当代社会的"西洋景"——老百姓有恃无恐"欺负"解放军。

门口的小贩来自天南地北，常年闯荡江湖，生出了"我是穷人我怕谁"的自信。占着解放军医院的风水宝地，靠着医院里的患者谋生计，却丝毫没有感恩之心。摊子想什么时候摆就什么时候摆；想摆在哪里就摆在哪里；挡着进门的路，还理直气壮，任凭司机按碎了喇叭，照样淡定赚自己的钱。保安去疏导，连眼珠都不会转一转；战士们出面，嘴一撇：脱了军服，你还不如我呢！陈参谋无奈，只得亲自出手。见了官，倒是给些面子，嘴上应了，手头儿上该干什么还干什么。

来往的公交车也要与小商小贩们争通行权，大家挤来挤去，司机却跟门口的守卫战士起了冲突。都是年轻人，言语不和，就动手。司机觉得你是解放军，就该打不还手，骂不还口。可战士正是血气方刚的年龄，拖了司机进保安室，一通"全武行"过后，战士未必赢，司机未必输。最后，倒霉的是医院领导，又是赔礼道歉，又是掏抚慰金。有理也没用,谁让你们是解放军。

高宝来的出现,彻底改变了这种局面。他警容严整,身披八大件,肩膀上挂着执法记录仪,脸色威严,像块胖盾牌,守在大门口。小商贩们自知无照经营,自然惧着警察;公交司机到了这里,看见高宝来,弄不清是不是交通警,还是谨慎为妙。

一个军官、一个警察,天天守着大门,也不是长久之计。何况,小商贩们有恃无恐,队伍日渐壮大,成了滋生医院治安问题的大温床。当务之急,也是最好的解决办法,就是清理无照流动商贩。陈参谋和高宝来一拍即合。可是,这个问题多年没有解决,自有其难点。最难的点就在于这是一个社会治安综合治理问题,涉及各个职能部门。这也体现了一个极具代表性的怪现象:管事的部门越多,事情越没有人管。

高宝来站出来了,勇敢地接过了这个既烫手又烫嘴的"山芋",相当"不自量力"。医院大楼里,坐着各级穿军服的大官,愁白了头,也没有协调、处理好这件事。而一个社区民警"手无寸铁"——无权、无钱,甚至无能力。用派出所里民警的话说,高宝来管几张纸和几瓶墨水,都闹得鸡飞狗跳。如今,要面对数个职能部门,协调解决多年无法解决的社会治安综合治理问题,岂不是天方夜谭?

高宝来确实"手无寸铁"。但是,他拥有非凡的责任心与执着精神。责任心虽不是能力,却是无穷的动力;执着也不是能力，却能水滴石穿。面对这个烫嘴的"山芋"，高宝来自有他的智慧，首先，"祸害"刘国明。

他骑着那辆脚蹬下挂电瓶、后屁股转警灯、画了几道蓝白杠的电动自行车，风风火火跑回所里，看见刘国明就说：有大事儿汇报！

老的按捺不住兴奋和急切，年轻的倒是不疾不徐：你先坐，今儿抽了几米了？

刘国明一边给倒茶，一边问道。

高宝来说：嗨，从昨晚到现在，三盒六米。说着，先摸右边的兜：哎呀，红塔山忘在陈参谋的办公室了。

刘国明说：算了，抽我的。

高宝来执意不肯，又掏左边的兜。拿出烟盒，挑了半天：这里有几根好烟，你尝一尝。

刘国明耐心地等着他挑出了烟，接过来，点燃后，才道：有什么大事，你说吧。

于是，高宝来从道路交通、医院治安、无照商贩的各种危害等方面，详细阐述了自己的"大事儿"。刘国明一边吸烟，一边听，最后，说了一句话：你的意思是需要组织人员，清理医院大门口的流动商贩？

高宝来一拍大腿：正是！说完了，又看刘国明的脸色，小心地问：您说，能行吗？

没问题！

刘国明既然答应，就会丝毫不爽地兑现自己的诺言。

与高宝来就"下沉"谈话时,他曾说"你放心,有我呢"。现在,就以实际行动支持高宝来的工作。尽管,清理医院大门口流动商贩,既不得考核分,又不算打击指标,甚至有多管闲事之嫌,刘国明依然不推诿、不躲避。这就是基层民警之间的信任和情谊。下沉时,高宝来扛了"雷",刘国明便毫不犹豫地和他一起扛。他要靠自己的影响力,说服警队其他民警协助高宝来完成工作。好在,"鸡贼战队"的另二老,焦宝三和汪祥坚决拥护他的决定。于是,刘国明率领警队,在艰苦的日常工作之外,又多次出警,帮助高宝来清理医院门口的无照流动商贩。

情谊再深,刘国明也是顶头上司。屡屡"祸害",既不是为部下之道,派出所的现实工作和情况也不允许。再说,靠蝇头之利养家糊口的小商贩们,在生物链底部,练就了不屈不挠的求生意志,与警队玩捉迷藏和游击战,驾轻就熟,功力炉火纯青。想彻底改变医院大门口的现状,高宝来必须另谋途径。他能走的路,离不开社区民警的生存半径。于是,街道党委就成了他的"神"。天天拜、日日拜,敬红塔山,复读机般啰唆他的"大事儿"。人家管着方圆数公里、几万老百姓的吃喝拉撒睡,对一个社区民警招来的说不清管辖、道不明职责的"山芋",很难即刻入脑入心。高宝来却不屈不挠,对所有与这件事有关、能见到、能找到的人,实心实意说好话、敬红塔山,就像一滴水,顽强地撞击体制的坚石,比小商贩们还不屈不挠。终于,将自己的"大事儿"纳入了街道综合治理大队的主要工作日程。

可是，道高一尺，魔高一丈。执法大队整天四面楚歌，小商贩们却只有医院门口这一件事。你进我退、你来我走。比起警队时的游击战，不过升级了一个模式——更加频繁地折腾而已。

高宝来黔驴技穷，不得已，只好再找刘国明。

敬了烟，憨实的人垂头丧气：这件事，真的难了。

刘国明道：不难！

高宝来本想诉苦，却不料柳暗花明。他像个孩子般迫切地追问：你快说一说，还有啥办法？

我去找街道商量、协调！

高宝来得了刘国明的这支大令箭，像阵风一样，跨上那辆脚蹬下挂电瓶、后屁股转警灯、画了几道蓝白杠的电动自行车，呼啸而去。

四

水滴未必能穿石，但人心都是肉长的。不久后，发生的一件事，让街道领导对这位总是啰啰唆唆敬红塔山的老警察，生起了恻隐之心、敬重之情。

事情很简单，某居委会丢了一台电视机。旧的，又是公用的，打从买来那天起，它的价值就与不菲无关。现在丢了，亦无大碍，却是癞蛤蟆的勾当，不咬人、恶心人。想打电话报警，又体谅派出所整天忙得像陀螺。无奈之下，选择了高宝来。一是图方便。他为解放军医院的事来过一千遍，递了八百张名片，随便哪个角落都能找到那张年轻英俊、一脸正气的面孔。二是图个心理安慰。出了这种事，大家都心知肚明，破案，基本不可能。不是警察没有能力，全中国公安逢命案必破，即使骄傲自大的美国、战斗民族俄罗斯也不可比拟。案子破不了，排第一的原因是忙不过来，这已经成为大家的共识。可身为受害者，再小的伤害也愤懑难平，总要找个发泄处和心理平衡，于是，高宝来就撞上了枪口。

接到报警电话，高宝来骑着那辆"动画片里的警车"风驰电掣而来。首先，耐心询问报案人。对方猝不及防，并没打算多认真，却碰上了一板一眼的老警察。只好缴械：居委会主任是第一见证人。

请他来！

不行，在街道开会。

那就打电话，我详细了解一下情况。高宝来抱着黑色大笔记本，神色严肃，就像福尔摩斯遇上了凶杀案。

对方无奈，只好打主任的电话。

几经周折，找到主任，主任又离开会场，介绍了案发过程：早晨七时许，打开门，就发现电视机不翼而飞。

三句话的案情，高宝来做了如下工作：

打电话给李德山（与主任一起办公的协管员）；

打电话给张志兰（后勤人员，答复：没有人借电视机）；

打电话给在后门旁办公的小杨（借调战士，帮忙普查人口）；

打电话给——

小仁……

小刘……

巨和平……

然后，出门找物业，找小商贩……

大家异口同声：不知道，没看见！

案子到了这里，只能成悬案。

高宝来还不算完，如福尔摩斯，将与电视机有关的蛛丝马迹查了个底儿朝天，并写出书面建议：

1. 技防设施已失效，三日内必须修好；

2. 大门口增加保安人员；

3. 404、405等房间门销已坏，立即维修。

在黑色大笔记本上，高宝来还就此事，为自己写了下一步工作计划：

1. 调查居委会所有工作人员；

2. 协调物业加强防范；

3. 通报管区所有单位保卫部门。

高宝来的"水滴"，落在体制的巨石上，终于有了回响。街道领导在无数个应该办、急需办的事务中，将解放军医院门前的治安问题纳入了主要议事议程。多次接待刘国明和高宝来，经反复研究磋商，终于拿出了最终的解决方案。由街道出资，设立长达百米的隔离栏，将马路的宽度缩减。小商贩即使摆下摊子，公交车一来，他们就必须站到自己的苹果、鸭梨、锅碗瓢盆、手机贴膜等之上。文的讲不通，武的不能用，中间之路就是智慧。由此，小商贩们像搬了家的蚂蚁，渐渐消散，无影无踪。

总算赶走了无照商贩，还有"苍蝇"嗡嗡作响。三五个人拿三个饭碗，里面放了瓜子，然后自导自演，俗称"拍瓜子"。

一个说：你猜，这个碗里有几个瓜子？

一个答：俩！

对了，你赢了！然后，掀起碗，给一块钱。

另外装作看热闹的人，立即跃跃欲试。

你猜，这个碗里有几个瓜子？

仨！

对了，你赢了！然后，掀起碗，又给一块钱。

一大早，有遛弯的、等公共汽车的主儿，见有人像痴呆儿般，说完"俩"和"仨"，就能拿到一块钱，不禁心痒手痒。凑过去，也跃跃欲试。

你猜。

俩！

错，是仨！掀起碗，果然变成了仨。

这回，要交五块钱。

嘿！明明看见的是"俩"，再猜！输了钱的人，脑袋开始真痴呆。

……

又输五块钱。

等输光了衣兜里的三五十块钱，才想起警察。

可是，报了案，也没用。恩济庄派出所远在五公里之外，等巡逻警察赶到，"苍蝇"们早已携了碗和瓜子，逃得无影无踪。要问他们怎么跑得那么及时、那么快，是因为人家绝对不痴呆。放风望哨的人占据有利地形，远远地观察，警车从哪里来、走到了哪里。掐准距离和时间，一声令下，顿作鸟兽散。只剩下呆呆的输钱人，等赶来的警察训话：这种事，你也上当？下次注意！

高宝来立志赶走"苍蝇"。又去找刘国明。还是那句话：这是大事儿！

刘国明依然不含糊，且更加大力支持。此事不但属管辖职责，还因为"苍蝇"天天行骗，天天都有新的受害者，派出所的报警电话成了"拍瓜子"热线，实在不胜其扰。

这次行动的先头兵是高宝来。他必须首先化装侦查、卧底潜伏，搞清"苍蝇"们的全部行动计划，然后，将情报提供给刘国明，以期实现精准打击。于是，每天清晨五点半钟，高宝来就骑着那辆"动画片里的警车"，潜入大院。再装扮成进城农民，在公共汽车站附近守株待兔。观察了几天,弄清了"苍蝇"们的行动轨迹。什么时间从哪里出现;什么时间离开、朝何方逃窜;几个人,体貌特征等等。到了这里,高宝来并不急着回所报告。为了不冤枉一个好人、不放过一个坏人,他又连续数天逐个研究附近的监控探头,挑出"苍蝇"们的高清视频,拷进U盘,才打道回府,向刘国明提供了最全面、精准的情报。

收网的时机到了。这次行动的主力军是焦宝三和汪祥。他俩换上便装,一个酷似早晨遛弯的老头儿;一个像无所事事的"胡同串子"。当然,最像上当受骗的人。

焦宝三来到三只碗前,蹲下。

汪祥站在后面看热闹。

骗子道:你猜!

俩!

错,是仨!

焦宝三掏出五块钱,骗子伸手接。

说时迟、那时快,汪祥一个饿虎扑食摁倒了骗子,咔的一声,上了手铐。

与此同时,刘国明指挥其他警员一拥而上,望风的、放哨的、溜边当托儿的,全部落入法网。

此次行动极大地震慑了以"拍瓜子"为生的"苍蝇"们。可总有心存侥幸者,继续以身试法。但他们做梦也想不到,在高宝来的字典里,就没有"侥幸"二字,只有不屈不挠。那次行动过后,高宝来仍不放心,每天早晨五点半,照样骑着"动画片里的警车",出现在医院大门口。不到半个月,就有几个心存侥幸的"苍蝇"撞上了枪口。

他们刚放下三只碗,便听到远远地传来一声断喝:不许动!

只见一个肥胖的老警察,身披八大件,肩膀上挂了执法记录仪,骑着一辆脚蹬下挂电瓶、后屁股转警灯、画了几道蓝白杠的电动自行车,风驰电掣般驶来。凛冽的寒风吹开了棉帽子上的一只耳朵,倔强地飘摆、摇荡,像一面指挥进攻的小旌旗。

"苍蝇"们顿作鸟兽散。

但"苍蝇"毕竟是"苍蝇",不见棺材不落泪。依然心存侥幸:也许只是偶然。就算不是偶然,一个老警察总不会每天早晨五点半,就风驰电掣而来。

可是,他们又打错了算盘。高宝来除了跟随警队在派出所里值班,还要风雨无阻去海淀区实验小学门口,照应上学的孩子和送孩子上学的家长,确实不能保证天天准时出现。但他安排了解放军医院的保安队长吴天恒,每天早晨去当卧底。一旦发现"苍蝇"的踪迹,立即报告。于是,骗子们刚放下三只碗,就听到远远地传来一声断喝:不许动!只见那个肥胖的老警察,骑着"动画片里的警车",摇着小旌旗,又风驰电掣般而来。

这一幕,如孩子们看不够的动画片,上演了一次又一次,骗子们终于在高宝来永不停息的执着精神中,彻底死了心,

"拍瓜子"从此销声匿迹。

五

解放军医院大门口,自从有了长达百米的隔离栏,变成了一条井然有序、畅通无阻的马路。外围问题解决了,医院内还有一个硕大的既烫手又烫嘴的"山芋",就是愈演愈烈的医闹事件。当时,全国上下,这种事件都在愈演愈烈。医生和患者如何变成了冤家对头,是一个复杂、庞大的社会问题。作为普通民警的高宝来,并没有能力去解读。他所面对的只有现实——无论谁对、谁错,都有可能演化成惨烈后果。

了解高宝来的人都知道,他是一个在是非面前必要执着公理的人。就像从前在派出所里,为了几张纸、一个订书器,也要论出个子午卯酉。但是,在解放军医院里,面对"医闹"这件事,他严守中立,对自己的职责有着异常清晰的认识——一切以防止演化成危害人身、财产安全为出发点。不得不说,这个看起来憨实无比的人,其实也有大智慧。他从未因解放军有理说不清,或者患者露出无比的可怜相,就乱发慈悲,而是不偏不倚,坚定地守着自己的职责——防止伤害事件发生。

"医闹"这种事,说起来,就连身在职责中的人,都恨不得躲着走。其他人更是多一事不如少一事,如果把这种邪火惹上了身，极有可能满身冒烟兜着走。但高宝来不怕，他又像一块胖盾牌，站在了解放军和老百姓中间。

处理医疗纠纷，医院里有专门团队，通常由保卫科、医务部、相关科室领导组成。另外，还有一个编外人员，就是高宝来。其他人都有流动性，唯有纯属义务服务的高宝来，逢场必到，成了大家的保护神。

说是保护神，似有夸张之嫌。可事实证明，没有高宝来，其前辈曾打败日本帝国主义、消灭蒋匪军、雄赳赳气昂昂跨过鸭绿江的解放军，面对撒泼打滚、损坏公物、赖着床位不离开等低级手段，也只能束手无策。一句"解放军打人了"，他们便噤若寒蝉，缩手缩脚，甚至白白挨打。高宝来到场，大家就有了主心骨。他会直接站到最前方，"引火上身"：不要吵，有事对我说！其实，他除了一身警服和挂在肩上的执法记录仪，只有"三板斧"：一、不许骂人；二、不许扬言打人、杀人；三、有理按程序走。

虽说老百姓忌惮警察，但仅靠这三板斧，并不能主宰局势。高宝来的绝活儿是从头陪到尾。像个老保姆，守着中间的每个细节，只要能插上话、伸上手，就尽心尽力、勤勤恳恳地帮忙做工作。

解放军医院里有一位老专家，经多年研究实践，找到了手术治疗神经性脑病的新方法，治愈了数个病例。老专家因此声名鹊起，报纸、电视都有广泛推介。远在黑龙江的Ｓ姓某人，因儿子参与群殴，被棍棒击中头部，患上了罕见的污言秽语综合征。每隔几分钟，浑身一阵抽动过后，接着，口中就冒出带着男女生殖器的脏话。

S姓某人看到了电视上的老专家，马上带着整天骂人的儿子进京，住进了解放军医院。求医态度之诚恳、遭遇之不幸，令老专家甚为感动。他接了患者，安排助手，详细介绍了这项手术是新生事物，有可能带来风险和后果。S姓某人听后，信誓旦旦，签字画押：无论如何，都要给孩子做手术！

其实，老专家对这个手术也心存忧虑，因患者的污言秽语综合征属闻所未闻的罕见病，还没有相关病例实践。手术，肯定有风险；不手术，十九岁的患者，就要一辈子、整天都在骂人。况且，医学又是在谨慎的实践、摸索中，才能得到发展。天真的老专家只想其一：为了孩子，为了医学进步，应该挺身担当。却没有想其二：社会和人性远比医学复杂得多。

手术做完了，患者停止了骂人。但是，依然有后遗症，对此，医生和S姓某人各执一词。于是，这家解放军医院遭遇了历史上最轰轰烈烈的医疗纠纷。

S姓某人亮出了自己的身份：我是东北黑社会，挑断过别人的脚筋！继而，开始了无休止的"医闹"生涯。

医院迫切想解决问题，可是，S姓某人将赔偿金额从六百万升至三千万，直至一个亿。医院越想解决问题，他的价码也越高，无论如何都难以满足。S姓某人以"人民军队必须爱人民"为借口，闹起来，有恃无恐。有一次，甚至闹到了全院大会上。踢桌子、砸音响，指着院长的鼻子，公然叫骂。医院里的保卫人员使出浑身解数，才将他哄出会场。带到办公楼，他又砸了走廊里的各种物件，闹得乌烟瘴气。

就在医院万般无奈之际，高宝来走马上任了。

一天，S姓某人一家三口，又来到了医院。他们在大厅里故伎重演：解放军治坏了我的儿子，至今不给说法……来往围观、不明真相的人们，有摇头的、叹息的，还有恶意起哄的。

医院马上启动团队。保卫部和医务部的军官，看见这一家三口，就头皮发麻。再发麻，也要硬着头皮上前，好言相劝。刚一开口，S姓某人的妻子就躺在了地上，又是哭，又是喊；随后，S姓某人便连骂带搡，与军官们纠缠不休。

高宝来接到消息，立即赶到现场。对着S姓某人打开执法记录仪，然后亮出"三板斧"：一、不许骂人；二、不许扬言打人、杀人；三、有理按程序走。

S姓某人见来了警察，先是一愣，继而收敛不少。可躺在地上的女人，总不能马上就爬起来，她既需要台阶，又不甘心就此收场。

高宝来走过去，蹲下身子，好言道：妹子，别哭了，会伤身体的。说着，伸手搀扶她。女人正要得欢，一挥手，就将高宝来推倒在地。这个举动故意和不故意各占一半，但推倒的毕竟是警察，女人透过指缝儿和泪光偷看，只见身材臃肿的老警察，一边喘息，一边吃力地爬起来，又朝自己伸出了手。

这个大台阶，差不多要金光闪闪了，女人连忙站起了身。于是，一家三口就回到了谈判桌上。可是，医院不可能拿出一个亿。论是非，也不过是车轱辘转圈，说过去，再转回来。一方闹着，一方熬着，转眼就到了晚上八九点钟。高宝来自始至终坐在那里，忠实地履行盾牌的职责。一家三口闹得又累又饿。S姓某人便说：你们应该管饭！

几个军官，你看看我，我看看你，面露难色。

高宝来站起身，掏出一百元钱，说：今天太晚了，你们拿着钱，领孩子吃饭去吧。

女人看着钱，眼睛放光，高宝来将钱塞给了她。男人愣了片刻，似有不甘心，又说不出什么，只好半推半就，带着老婆、孩子打道回府。

待他们出了门，几个军官对高宝来说：幸亏你给了钱，否则，不知要闹到什么时候。

要一个亿赔偿，我给一百块就能打发了？

军官们说：人家这是大闹中的小闹。名义是要饭钱，其实，是下套儿。有几次，我们掏了钱，他们接了就说，医院没有责任，为什么要管饭？今天，您掏了钱，我们就脱了干系。

如此这般，相同的场景上演数次，高宝来也陪了一次又一次，S姓某人终于领着老婆、孩子走上了正路，去法院提请诉讼。结果,一审判决医院无责,却捅了人性的马蜂窝。S姓某人先是将矛头对准法院,闹得内外乌烟瘴气。法院则亮出庄严盾牌——进入二审。在等待的时间里,S姓某人几近疯狂,多次扬言要给医院送炸药,炸医生,炸院长,甚至还要炸班车。闹得全院上下,人心惶惶。

面对黑"医闹",高宝来把它当成了自己的头等大事。一俟接到S姓某人进京的消息,就立即在管区内布起天罗地网。旅店、饭馆、小商店,全民皆兵,只要发现情况,立即报告。同时,还指导、协助医院保卫部门,采取各种措施,严加防范。在高宝来的不懈努力下,这家医院安然度过了漫长的二审阶段。

"医闹"千奇百怪,几乎每天都有不同版本上演。做核磁共振不排队、加塞儿,要闹;医生说可以出院了,患者却觉得伤口未痊愈,要闹;半夜,药房值班人员突发疾病离岗,患者等不及,也要闹。只要闹起来,医生和护士们首先想到的就是高宝来。无论谁打电话、什么时间打电话,他都招之即来,来之能解决问题,直到彻底平息事态。

他不怕吃苦受累,最怕面对老百姓的苦,又不得不履行职责。一个身患癌症的儿童,住进解放军医院,虽经全力治疗,还是不幸夭折。孩子的父母来自农村,为了治病,债台高筑。在他们的思维方式里,人财两空,就是无法接受的现实,叫天不灵,叫地不应,就只能闹。

当医生宣布孩子死亡后,家属们忽然抬出了提前准备的棺材等丧葬物品,冲到医院大门口,挂出横幅,烧纸哭闹。高宝来接到电话,立即赶来。医院的保卫干部问:怎么办?

高宝来说:清!

转身看见了棺材里不幸的小生命,他又不禁潸然泪下。一边流泪,一边带领保安们,强行清理了现场。

在医院里,他坚定地履行自己的职责。同时,也尽着最大能力,帮扶那些远道而来的患者。有一个农村妇女带丈夫看病,排队交款时,被掏了包。有好心人指点,她找到了警务站。见到高宝来,就跪下了:随身带了三千两百元钱,全部被掏走,丈夫的药费、回家的路费全都没有了着落,您救救我吧!

按照以往的工作套路,高宝来要认真询问、记录,然后,再到医院里调取录像,查找嫌疑人。可是,面对走投无路的农村妇女,这一切,显然无法迅速挽救她的绝望。于是,高宝来启动快捷、绿色通道,给妻子张利打电话:马上送三千两百元钱到警务站!

张利打开抽屉,拿了钱,就跑来了。

妇女感激涕零:大姐,看起来,你也不富裕……

张利连忙说:没关系,我们还能过得下去,你拿着钱,回家吧。

平白无故接受别人的钱,让这位妇女颇觉为难。可不接受,又确实走投无路。

高宝来看出了她的心思,说:这样吧,你打个借条,以后,有机会再还给我。

妇女听了,破涕为笑,写了借条,千恩万谢而去。

高宝来刚松了口气,电话铃骤响:十楼手术室外,有人抢胳膊!

原来,一位来自边远地区的患者,因病截肢。当地的风俗是,人若去世,必要全尸。提前截了胳膊,就要把它带回去,待将来百年后,一起入土为安。医生不知这个风俗。做完了手术,按照惯例,将残肢拿到家属面前过目。谁知人家抢了就跑,医生、护士猝不及防,跟着就追。混乱中,有人找保安;还有人喊:快打电话,找高警官!

等到保安赶到,抱着胳膊的家属跑出大门,后面跟着一串医生、护士。待高宝来从警务站跑出来,一行人已经跑出了院子,跑到了大街上。当时,正是盛夏,高宝来拖着臃肿的身躯,拼命追赶。

终于有年轻保安率先追上了患者家属,医生和护士也陆续赶到,但对方抱着血淋淋的胳膊死也不放手。高宝来气喘吁吁,最后赶来。医生焦虑不堪:这种天气,截下的又是病肢,太麻烦了。保安听了,急不可待,伸手就要抢胳膊。高宝来连忙拦住他,一边大口喘气,一边对医生说:在大街上撕扯起来,马上就会有人围观。还是把她交给我,带到警务站去。

然后,和颜悦色地对患者家属说:你跟我走吧。

对方抱着胳膊,犹豫不决。

高宝来又说:我会帮你解决问题。

对方将信将疑。

高宝来从护士手里拿过手术用纸,递给她:你把胳膊包起来,跟我走吧。

看着满头大汗、态度诚恳的老警察,患者家属站起了身,抱着胳膊,随高宝来回到了警务站。

可是,矛盾不可调和。医生坚持,必须交回胳膊;而对方守着几百年老祖宗的规矩,说破了天,也绝不放手。

看着患者家属仿佛天塌地陷的表情,高宝来决定顺应当地习俗。他从院长开始,逐级打电话耐心解释,患者及家属守住胳膊的观念根深蒂固,不可能立即改变。靠着在医院里兢兢业业积攒下的人脉,高宝来硬是将古老的习俗,置于了科学与理性之上,医院打破惯例,做了让步。

高宝来又开始苦口婆心劝慰患者家属:这里是北京,是解放军的医院,胳膊必须火化,才能带回家。

终于,古老的习俗与现代医学握手言和。患者愈后,带着病肢的骨灰,返回了家乡。

六

海淀区实验小学是闻名北京城的重点学校,坐落在三环辅路和另外两条繁忙路段的交叉口处。两千多名小学生大多由家长开车接送，每到上下学时间，这里车山车海，堵得各方怨声载道。即使最熟练的司机在这种阵势里，也会顾此失彼。况且，开车送孩子上学的大军中，母亲不在少数。动作稍迟，周围就会喇叭齐鸣，受了惊吓的女司机，越发手忙脚乱。孩子们拿饭盒、背乐器穿行在车流中，令人心惊胆战。每天清晨，送孩子的和不送孩子的各种车流在此穿梭，汇成了一条充满抱怨的焦虑之河，在小学校门前翻腾奔涌。

高宝来的家就在附近，每天到社区，实验小学是必经之路。下沉的第一天——2010年12月23日，他就发现了这种乱象。到了第三天，他再也做不到视而不见。于是，停下车，走到马路中间，帮助疏导来往车辆。

解放军医院里的职责边界比较模糊，属可管可不管；管了，也在情理之中。而站在小学校门口指挥交通，对一个社区民警来说，纯属跨界、越权。开始，他见附近只有一个交通辅警，根本忙不过来，就想顺路搭把手。可是，一旦搭上了手，就难放手。站在车流中，听着司机的抱怨、家长急切催促孩子的各种声音，看着孩子们委屈无奈，甚至哭着离开的背影。这一切，使高宝来无论如何也不能一走了之。

但不放手更难。这件事至少涉及四个职能部门，哪一个都跟社区民警无关。但在这堆乱麻中，高宝来只认准了一件事，那就是自己无法绕开实验小学门前拥堵的车流，也见不得孩子们整天处于如此危险的境地。于是，他每天早晨六点多钟就从家里出发，来到学校门口，义务疏导交通。

干了几天，情况发生了变化。有一位母亲开车送孩子，到了校门口，孩子要下车，书包带却卡住了。孩子慌着去拽，却越拽越紧。顿时，四周喇叭齐鸣。母亲想下车帮忙，后面的车又催得紧，慌得只能大声责备孩子。站在不远处的高宝来连忙走过来，扶住孩子的肩膀，亲切地说：别着急，爷爷帮你。说着，从座位上抽出带子，拎出了书包，顺手关上了车门。孩子的母亲喊：谢谢您！高宝来挥手示意，让她开车离开。又怕母亲不放心，于是，帮孩子背上书包，牵了手，送到了人行道上。

再回身，发现下一辆车已经到了眼前。因为后面催得紧，孩子刚打开车门，脚还没沾地，车子就动了。高宝来又连忙走过去，扶下孩子，关了车门。后面的车子，一辆接一辆开过来，于是，"拉车门"业务应运而生。一切顺理成章，车子到了眼前，高宝来顺手去拉车门，孩子下了车，再关上，车子马上就能离开。

很快，学校门口就变得井然有序；随之，周围的几条马路也顺畅起来。

毋庸置疑，这是一件好事。一个老警察，几个简单的动作，就解决了实验小学门前的痼疾，却名不正言不顺。因为，跟社区民警的业务丝毫不沾边儿，也跟所有的公安业务不沾边儿。连高宝来自己心里都发虚，跑回派出所向刘国明汇报。

先说"大事儿"：小学校门口的交通如何混乱、如何亟须疏导。

刘国明心明眼亮，直接问：你打算怎么办？

高宝来小心翼翼说了已经成了现实的"打算"。最后，还补了一句：我利用业余时间"拉车门"，保证不耽误工作。

刘国明沉吟片刻，谨慎同意：可以干，但要注意分寸。

于是，"拉车门"业务正式纳入高宝来的职责。刚开始上岗的时候，对车流里突然出现的老警察，司机们反应各异。有的说：谢谢。有的吃了一惊：警察还管这种事？还有的困惑道：你拉我车门做什么？极少数居然问：你有病吗？

对于如此种种，高宝来全都听而不闻。他的眼睛乃至全身心都在学生身上。开车门，接过书包，扶下孩子，再送过马路：七秒钟，一组固定动作。每个清晨，不停歇地重复上千次，忙得他根本顾不上冷言冷语。

顾不上，并不等于没有觉察。做好事不图回报，是普通人的境界；做了好事，再咽下辛酸与苦难，才是英雄。可在那时，高宝来与英模、楷模丝毫不沾边儿。一介基层民警，但凡有血有肉，就有烦恼与苦闷。他虽坚定地做，却也在不断的怀疑中熬磨自己。汪祥看出了高宝来的苦恼，以独特的方式开导他：哥，抽几米也解决不了问题。

兄弟，你说，这车门到底该不该拉？

该拉！

高宝来立即眼睛放光，比起刘国明的谨慎同意，汪祥的坚定更让他看到了无限希望：为啥？你快说一说！

你想，你是干什么的？

社区民警啊。高宝来迷惑不解。

那就对了。

废话！兄弟，哥烦着呢，别玩儿了。

汪祥一脸严肃：我不是玩儿。你再想，全国有多少社区民警？

太多了。

是啊。这么多社区民警，大家都想干得出色。可是，这活儿就是这么平凡琐碎、不见天儿。

高宝来点头称是。

要想干得出色，怎么办？汪祥循循善诱。

弄出些花样儿？拉倒吧，兄弟，你那些"鬼道"不适合我。

高宝来的自问自答，来自刚下沉时，向汪祥请教时的"收获"。

初当社区民警，最简单的第一件事，就是如何让老百姓认识自己。说是简单，其实就像一堵南墙，每家每户封闭在大楼里，没有半个人愿意打开家门，与社区民警聊天儿。高宝来的方式是，瓷瓷实实，逐个楼爬，挨家敲门。结果，到处碰壁，南墙没有撞开，搞得自己满头是包，却收效甚微。苦恼至极，去问汪祥：你当社区民警时，如何踢出头一脚的。

嗨，简单！我开着我的私家大吉普，进了社区，停在楼门口。

那有什么用，宝马×5有的是，你那车不是什么稀罕物。再说，一个社区民警摆谱儿，也不是正道。高宝来一脸不屑。

汪祥有些恼：谁摆谱儿了，这是智慧。我不但停在楼门口，我还堵住大门，然后，去找居委会大妈聊天儿。

你，你，你……高宝来急得直摇头。

汪祥却眉飞色舞：我堵住了大门，很有可能还占了某人的停车位。于是，某人，或者某某人，就会义愤填膺，四处高喊：谁的车？

我聊着天儿，耳朵竖着。听到喊，赶紧朝外跑：对不起，对不起，是我的车，我是社区民警小汪！

高宝来目瞪口呆：你就是这样熟悉常住人口的？

是啊。汪祥洋洋自得。

这种脑洞，高宝来永远不会开，也不想开。所以，见汪祥又要提"鬼道"，只好埋头抽闷烟。

哥，要干得好，就要创新，社区民警"拉车门"就是创新！

一听汪祥说出了正道，高宝来掐了闷烟：快说，它怎么就会变成创新？

于是，汪祥从国家的政治、经济形势，到交通管理的现代化思维，以及如何打破谁都管、谁都不管的壁垒等，天南海北，神侃了一通后，得出结论：作为社区民警，辖区平安就是你的大政方针。你说，"拉车门"是不是维护了辖区平安？

高宝来点头。

既然平安了，就说明你尽到了职责，对不对？

高宝来又点头。

但社区民警的职责里，有"拉车门"吗？

高宝来忽地站起身，一拍脑门儿：嗨，这不正是创新！

七

两个人讨论了半天，其实，各怀"鬼胎"。汪祥见高宝来为此烦恼，本想为他宽心。结果，神侃过后，硬是说出连自己都信了的"道理"。而高宝来"拉车门"的决心不可更改，又苦于名不正、言不顺，还不得家长拥护理解，迫切地需要给这件事找个工作上的"名头"。如此这般，汪祥在高宝来身上种豆得瓜。从那天开始，这位五十四岁的老警察除了本职工作，每天早晨六点半钟，风雨雷电无阻，准时开展"拉车门"业务。直到因病住院，近四年中，从未迟到，从未缺勤，成了海淀区实验小学的活"地标"。也以此为主打成绩，病逝后，被追授为公安部一级英模和时代楷模。

高宝来做梦也想不到，"拉车门"会为自己带来成绩和荣誉。善良的心和超人的责任感，让他无法绕着实验小学门前拥堵不堪的车流走，这就是最初的动机。至于回报，对于这个心地单纯的人来说,只要让他干,少些责难就谢天谢地了。

无论怎么说,"拉车门"毕竟是好事。高宝来每天早晨站在小学校门口,兢兢业业,重复上千次相同的七秒钟,不久,便彻底征服了所有家长。他就像一顿可口的精神早餐,安慰了无数焦虑不堪的心。送学生的母亲,会直接将车子开到高宝来面前,放心地将孩子交给这个老警察;粗心些的父亲,还未到学校门口就放下了孩子,高宝来会马上跑过去,接过书包,牵着手,穿过车流,送到人行道上。

下雨天,高宝来从不穿警用雨衣,因为,担心滴落的雨水打湿了孩子。他只拿一把硕大的黑雨伞,要全部罩住孩子,还要罩住他们的书包、乐器和饭盒。自己的大半个身子,往往淋得透湿。

其实此时此刻,高宝来并不如人们所想,眼含笑意,满面慈祥。他的眼睛里只有危险的车流和孩子们的安全,这是"大事儿",是他心目中最大的事,因此神经高度紧张。每个早晨,实验小学门口站着的,其实是一位严肃认真的老警察。

偶尔他也会笑。那就是当孩子们说:爷爷,你的肩膀已经湿透了,快把伞朝你那边偏一偏吧。或者:爷爷,今天太冷了,你的手都不暖了,多穿点吧。

只有,也只有在此时,高宝来的心,就会回到童年的槐树下,回到陈姨温暖的家,露出世界上最美的笑容。他会说：没关系，爷爷身体好着呢！

尽管要起大早，尽管很辛苦，但高宝来很享受这样的时光，他的善心和理想终于找到了归宿——能够全心全意为孩子服务。从穿上警服那天起，只有孩子们能真诚地收容他一颗孤独的心。

所以，他有一句"名言"：为了孩子，怎么受累，我都愿意！

为了这句"名言"，高宝来一次又一次在大雪纷飞的早晨，第一个赶到实验小学，独自打扫校门口马路上的积雪。受他的感召，校内保安拿起了扫帚；领导和老师们也养成了每逢雪天，提前上班打扫积雪的习惯。参加的人多了，扫出的雪也各有风格。高宝来便手把手地教：雪要铲干净，不能埋头只顾着堆。雪堆得太高，又会滑到路上，孩子们经过时，太危险。

为了这句"名言"，四年中，高宝来没有吃过早餐。学校领导不过意，请他进食堂。高宝来总是笑笑，从未进去喝一碗粥或者吃一个鸡蛋。在他纯真的心里，服务就是服务，吃了饭，就像掺了假。就连保安递过来的一瓶矿泉水，他也谢绝了：我带着水呢。

为了这句"名言"，每个学生就是他亲生的孙子或孙女。年龄小、磨磨蹭蹭的，他会连孩子带书包，直接从车上抱下来；滑雪伤了腿、走路不方便的，他会蹲下高大、臃肿的身子，背起又高又重的男孩，送进学校。

孩子们的爱和家长的信任，又让他诚惶诚恐。一次，有辆高级商务车停在高宝来身边，他伸手去拉车门，却没想到是电动门。孩子下了车，司机没有关上门就开走了。

高宝来异常担忧，慌慌张张跑回派出所向刘国明汇报：出了大事，我可能拉坏了人家的车门！

然后，又问：修这种车门要多少钱，我能付得起吗？

重点小学的孩子，除了学习，快乐是那么少。对于千家万户像眼珠子一样呵护的"宝贝"，大街上永远危机四伏；可是，童心又是那么渴望放飞。终于，在2013年秋天，实验小学的校长拿出十二万分的勇气，决定带孩子们出去走一走。两千多名学生，从学校出发，走到玉渊潭公园，全程三公里。就是这样一次简单的活动，让全校老师如临大敌。保卫干事去找高宝来，他听说后，更是如临大敌。

"一定要让孩子们玩儿好，一定不能出任何问题。"高宝来秉承这个指导思想，把这次秋游上升到了一级警卫的高度。首先，勘察路线。过几条马路，有几个红绿灯，孩子们经过时，西三环的车流状况；玉渊潭公园附近的公共设施是否安全等等；然后，又跑去解放军医院，借出了不在班的保安队员，加上实验小学的人马，全部上岗执勤。每个路口，都有两个保安把守。车流拥挤的路段，还设了路锥，挂了警示牌，提醒司机减速慢行。

活动当天，高宝来寸步不离，陪伴孩子们，从学校出发，走到玉渊潭公园，再走回学校。秋高气爽的北京，秋高气爽的人间，到处都是孩子们的笑脸，洋溢着欢歌笑语。高宝来仿佛也回到了童年，漫天的槐花盛开，就像他如雪般纯真的心、纯真的爱……

八

站在小学校门口的老警察，不过是在享受属于自己的快乐时光。作为最普通的基层社区民警，高宝来从没有想过，也不敢想，这么做，会带来耀眼的光环和荣誉，可世界不会因他的心如止水而波澜不惊。

2010年，全国突发小学生伤害案。公安部下发紧急通知，要求各地公安机关加强校园安全保障，杜绝此类恶性事件。北京市公安局立即行动，印发了《全市中小学、幼儿园集中出入高峰时段安保勤务方案》，要求各基层单位认真执行，简称"高峰勤务"。

做了工作，就要宣传。不但弘扬自己的队伍，还能引起全社会对热点问题的关注，增加防范意识。于是，海淀区公安分局宣传干部们奔赴"高峰勤务"第一线。苗苗是这支队伍里的新兵。不必像过去的宣传女兵那样，扎小辫儿、裹绑腿，站在土路边，追着战士们的背影打快板。这位年轻的女兵骑了一辆运动款自行车，头戴棒球帽，穿梭在北京的朝阳里。"苦干""创新"是每个北京警察的紧箍咒，不但入心入脑,也早已入血、化髓,变成了全身心的自觉。苦干好说,只要白加黑、"5+2",不睡觉、只抽烟即可。"创新"则是最大的考验,也是能让大家分出上下高低的重要指标和砝码。苗苗是个聪明的女孩儿,"创新"首先从出行方式入手。骑自行车快捷方便,还锻炼身体。如果只考虑这些,不过一个白领的思维方式。苗苗选择骑自行车,是为了混迹在晨练的女孩子中,装作若无其事,考察每一个高峰勤务岗。苗苗的可爱之处在于,不但要"创新",还要看真的、"捞"实的。

于是,整个大海淀区转下来,她就"捞"到了高宝来。只见这个老警察,站在小学校门口,绷着脸,一刻不停,重复着几个简单的动作,将"高峰勤务"演绎得炉火纯青——从家长的车上接下每一个学生,再逐个送到人行道旁。然后,孩子们走进由保安员排队筑起的通道,走进校门。经过半年多的实践,高宝来的"拉车门"业务不断完善。为了更迅速更安全,又加进了保安通道这一项。

苗苗不由自主停下了自行车,站在马路边看得入神。一边看热闹,小脑袋瓜儿也一刻不停地转悠。首要的问题是怎么套近乎。她是新兵,高宝来是老警察。在公安机关,尊老是绝对的光荣传统。只要年龄差着辈儿,就要毕恭毕敬,哪怕十八岁就当了公安局局长,也不能坏了这个规矩。苗苗不过是分局里的宣传干部,见了高宝来,不但敬,还有些"怵"。人家吃过的盐,比自己吃过的米还多。再说,他正忙得不亦乐乎，还绷着脸，这个老警察令小新兵更加畏怯了。

苗苗是聪明的女孩子，想出的第一个对策，就是等。并且，一边等，一边朝高宝来身边凑。半个多小时后，高宝来的"拉车门"业务进入尾声，也看见了已经凑到自己身边的苗苗。

美丽的清晨，一个戴棒球帽的年轻女孩，一幅赏心悦目的画面，高宝来露出了笑容：你有什么事情吗？

我是分局政治处的苗苗，想采访您！

嗨！我有什么好采访。高宝来一边笑着推托，一边朝自己那辆"动画片里的警车"走去。

苗苗赶紧跟上：是这样的，分局搞"高峰勤务"宣传，我要写简报。

海淀区这么多派出所，这么多高峰勤务岗，肯定有人比我干得好，可不敢接受你的采访。

苗苗说：我觉得，您干得最出色。

高宝来发动了车子：你觉得可不行，万一搞错了呢？

苗苗有些词穷，重复道：我真觉得，您最出色。这么说着，便感觉到自己的采访要泡汤。

高宝来说：我很忙，马上要下社区……

苗苗急中生智：我跟您去！

听了这句话，高宝来也有些急，却没有生出智，脱口问：你不去上班？

这就是我的工作!

话说到这个份儿上,憨实的高宝来无法拒绝了。

于是,在北京的朝阳里,在西三环川流不息的马路上,高宝来骑着"动画片里的警车",后面跟着一个充满青春活力的运动女孩,走上了自己的成名之路。

苗苗的采访进行得很顺利。这个聪明的女孩想出的第二个对策,就是哭"穷"。高宝来虽然将她带到了警务站,却也没有拿采访当回事儿。而苗苗满心都想写出"创新"简报,只有华山一条道:撬开这个老警察的嘴。高宝来也并非刻意不说,而是觉得实在没有什么可说。

于是他半认真、半敷衍:你看,我就是站在那里"拉车门",你能写出个啥?

苗苗躲开了这个话题,开始哭"穷":我大学毕业,好不容易考上了警察,好不容易分到了海淀分局,又好不容易进了政治处,万一干不好,被淘汰了怎么办!

苗苗情真意切,深深地打动了高宝来的心:爸爸妈妈培养我太不容易,要是对不起他们,我可怎么办!

憨实的老警察就这样上了小新兵的当,于是,搜肠刮肚,全身心配合了采访。

苗苗顺利完成了简报,也被高宝来的事迹所深深打动。当时,正值开学季,北京的各大媒体记者,也在四处搜罗与校园安全有关的新闻。负责跑海淀区公安分局的某大媒体记者,提出要采访"高峰勤务"。心里挂着高宝来的苗苗,立即自告奋勇，带领肩扛长枪短炮的记者，来到了实验小学门口。

这一次，不必用任何手段和对策，只需提前打个电话：高叔，明天早晨有采访。

行！憨实的高宝来立即痛快地答应了。

苗苗将记者安置在实验小学附近的人行天桥上，从这里能清晰地看到高宝来的一举一动。见惯了各种大场面的记者，被这个绷着脸、一丝不苟七秒钟的老警察深深地打动了，长枪短炮轮番上场。苗苗也拎着自己的照相机，左拍右照。就这样，高宝来走进了海淀区公安分局宣传工作的视线，也引起了媒体的关注。媒体报道完了，这件事本也该告终了。然而，就像存在一个看不见的团队，立志要"捧红"高宝来。连续三年，校园安全问题热度不减。于是，每到开学季，就有记者扛着长枪短炮去拍这个老警察，拍来拍去，就拍到了电视上。一年两次，上了报纸，上电视，中间还有各种应景儿活动，高宝来渐渐走进了广大群众的视野。

北京人民广播电台著名主持人丹青，经海淀区公安分局政治处同意后，发出邀请：高警官，请您为我们做一次校园安全专题节目。

那时，高宝来并没有意识到，"成名"将后患无穷。接了苗苗的电话，又经所里领导同意，他走进了享誉北京城的丹青女士的直播室。

那又是一个美好的早晨,天色晴朗,空气香甜。苗苗开了一辆旧警车到警务站接高宝来。

一见苗苗,高宝来就喊:你快下来,我开车!

苗苗不解:为什么?

车太旧了,你这手儿,估计也太新!

苗苗不得不顺从,因为,高宝来说的是实情。可是,交了方向盘,就后悔了,高宝来开着旧警车,比牛都慢。

苗苗想说:您这手儿,比我还慢。可看着他开心的样子,只好咽了回去。

高宝来似乎很享受这辆旧车,以"巨慢"的速度,行驶在车流如梭的三环路上。

苗苗只好说:这辆车都快开不动了。

比我那辆警车强多了,它连小贩们的"狗骑兔子"都跑不过。

啥叫"狗骑兔子"?

就是电动"半截儿美"。你知道啥叫半截儿美?高宝来自问自答:就是前半截儿坐司机,后半截儿拉水果的农用货车。一开起来,就蹦跶、蹦跶,连叫带跳。

苗苗忍不住笑了:您的警车跑不过人家咋办呀?

提前介入,等在半路上。那边街道城管大队的人一出动,我这边就候着,等逃跑的小贩到了跟前,我就冲出去。

可是,您一个人怎么能拦住车子?

八大件里有甩棍呀。抽出来，一甩，就甩到了轱辘上：站住，不许跑！

苗苗咕哝道：小贩们也挺可怜，卖水果挣不到几个钱，还要受处罚。

哎！没办法。高宝来长叹一口气：我说破了嘴皮子，有的人还是不听。撵不走他们，其他人又要回来。那样的话，实验小学的大门口，永远别想安生。

苗苗有些诧异：您不但拉车门，还管这件事？

当然要管。

以前，到了放学时间，小商贩们把大门口堵得水泄不通。不但严重影响交通，他们还卖吃食。没有卫生许可，也没有经营许可。刚放学的孩子饿得紧，什么都吃。时间久了，对他们的身体肯定有害，这是大事儿！

苗苗由衷道：您不但管孩子们的人身安全，还管他们的小肚皮。说完，看了看手机，婉转提醒"老牛"司机：高叔，我们要迟到了。

高宝来连忙看了看表：是吗？

苗苗说：丹青老师要到门口迎接您……

还未等她说完，高宝来连忙加了油门：可不能让人家等。

然后，转过脸，露出单纯的表情：我真的有些紧张。

苗苗说：没关系，我和丹青老师都做了功课。她会按提纲提问，您可以随时看我准备的稿子。

高宝来连说：那就好，那就好。

丹青甜美、温馨的声音，将兢兢业业为孩子们服务的老警察，送进了北京的千家万户，也送进了老百姓的心里。

高宝来终于一举成名。

第五章 归 宿

一

高宝来所管辖的社区，一个是解放军医院的家属区，一个是国家重点科技部委的住宅大院，居民多属知识分子阶层。社区民警要进户熟悉常住人口，其难度可想而知。开始，高宝来还是用笨办法，试图滴水穿石。逐楼逐层磨鞋底，挨家挨户敲门推销自己。当今社会，人们的素质普遍提高。遇到不合意的人或事，公开辱骂、动手打架的，基本销声匿迹。但是，"新新人类"生出了另一种能力：恭恭敬敬，冷漠处之。

面对社区民警：您好，同志，有什么事？

没啥事情，走访。

哦，我还有事情；或者，家里不方便；或者，我正有客人。诸如此类。

大多数的人，都会隔着门说这些话。既不想看见社区民警，也不希望社区民警见到自己。敲一百家门，就会有一百次这样的遭遇。

高宝来并不是急性子，但也不能把社区民警的工作干成敲门的活儿。这件事令他苦恼不已，又去找刘国明倒苦水：居民们就是不开门，这活儿可咋干？

年轻的顶头上司不动声色：时间能够改变一切，慢慢来。

刘国明说得不错，可高宝来等不及，又去请教汪祥。结果，"脑洞"开不到一个频道上，只能悻悻而归。

敲门的路行不通，高宝来又"笨"辟蹊径，整天在社区里转悠，推销自己。逢人就自我介绍：我是驻区民警高宝来，手机号码是133311×××××；大多数人一笑而过。倒是有些年龄大的人，与高宝来说几句话，图个解闷儿。可说多少遍，也记不住手机号码，高宝来就写纸条塞给人家。如此下来，推销了数天，高宝来与社区群众，依然你是你，我是我。发了案，或者要咨询、办理与公安有关的业务，人们还是打电话到派出所，他这个驻区民警形同虚设。

那段时间，高宝来见到谁，都当人家是老师。绕山绕水，把话题转到：如果想与人见面，除了去他家、在路上等，还有什么办法？

这个问题极简单又极高难。简单在，不过是要见个人；难则在于，高宝来定要在一加一只能等于二的答案外，找出另一个答案。

世界上自从出现了脑筋急转弯这项业务,庄严的真理就露出了狡黠的笑容。某日,高宝来带着解放军医院保安队长吴天恒进行节日安全检查时,从一栋楼走向另一栋楼的间隙,又自言自语:到底有什么办法,让大家都认识我?

小吴漫不经心:您不就是想"刷"存在感吗?发小广告,这个办法最管用!

本是句玩笑话,却令高宝来"脑洞"大开:对,印名片,发名片!

说干就干,他马上跑到附近的一家图文店,掏出三百元钱:请印两千张名片!要求简单明了:照片、姓名、警号、手机号码。落款:海淀区公安分局恩济庄派出所驻区民警。

于是,解放军医院里的护士站,辖区内的饭店、旅馆、小商店等等,凡是足迹所到之地,高宝来都留下了自己的"小广告"。进了居民楼,敲过门,就说:我是驻区民警高宝来,有困难,请联系我。然后,顺着门缝儿,将"小广告"塞进屋里。

在社区里推销自己,也更加简单便捷,递上名片:有困难,请联系我。高宝来甚至将自己的名片贴在了社区的公告板上,直到他去世后,有的还触目可见。

其实,名片发出去后,就像"小广告",大多数被随手一丢。少数幸存下来的,也经受着人们怀疑的目光。不久,春节临近,解放军医院进入了"春晚"旺季。辛苦了一年的医生、护士们,纷纷以科室为单位举行联欢活动。地点在食堂，吃糖果、嗑瓜子，唱卡拉OK，玩游戏。这边厢，一派欢乐热闹景象；隔着墙的那边厢，就是国家重点科技部委的居民区。住户多为知识分子，且年长者居多。联欢会开起来，就是几个小时，闹腾得他们坐立不安。于是，走出家门去抗议。

双方都有高宝来的名片。医院的人打来电话：高警官，我们被包围了！老太太们报警：高警官，解放军扰民了。

高宝来接到电话，立即赶来。他不能也不忍叫停"春晚"，只好守着老太太们做工作：大婶、大姐，咱都有孩子。这些医生护士虽然穿着军服，也都是年轻人。他们累了一年，出去玩儿，束缚太多，只能憋在医院里。咱们忍一忍，不就是唱歌嘛，权当听跑调音乐会吧。

马上有大婶、大姐迎合：现在的年轻人，干什么都不认真。哪像我们那个时候，搞联欢会也要丁是丁、卯是卯，唱歌，都必须照着谱子。他们可倒好，扯着嗓子，随便喊。

高宝来赶紧由衷地"拍马屁"：可不就是靠着你们这代人，国家的"两弹一星"才能上天！大婶、大姐们立即高兴了，话题变成了年轻时，如何被装进绿皮火车，奔赴渺无人烟的沙漠；如何不知父母音信，只听党的话、组织的安排……

聊着，聊着，就忘了正题，年轻人的喧闹成了回忆的伴奏曲。聊到乏了，晚会也进入尾声。于是，慢慢都散了去。

可是，医院里有十几个科室，"春晚"演了一场又一场，"抗议活动"也不得不继续进行。不必再报警，高宝来逢场必到,把这件事当成了大型文娱活动安保工作。去食堂,前门可以乘电梯,后门有防火通道。他安排保安队员,守住这两个入口,任务是好言相劝,软磨硬泡,以堂而皇之的理由:医院不许外来人员随便进入,堵住大婶、大姐们。

高宝来则有三个岗位,在楼下两个入口来回奔波,一旦保安们要失守,他就立即出现。大婶、大姐们一冒火:你们听听,你们听听,这都闹翻天了。高宝来立即应声出发,奔赴五楼,跑进"春晚"会场,压下分贝;然后,再装几袋瓜子、糖果跑下楼,递给大婶、大姐:我批评他们了,人家送了这些,以示歉意!

此事过后,有好心人对高宝来说:你每天熬到半夜,就干这点儿事情,不值得。再说,即使要管,也不能这么个管法儿,你这不是惯着他们吗?

高宝来露出憨实的笑容,说出了自己的箴言:当社区民警,就是要惯着老百姓!

物业管理公司是市场经济产物,收了费,管的是物和业,并没有管人的职能。高宝来下沉社区后,却把这个市场搅乱了。社区民警管的是人,他偏偏也要管物和业。起因还是"小广告"——高宝来的那张名片。存名片最大的群体是辖区里的老年人。他们的家大多空巢,儿女即便孝顺,也不住在身边。高宝来整天骑着那辆"动画片里的警车",哪里都能看到他的身影。况且,这个老警察看起来憨实、可靠,又主动送上名片,老人们就把他当了"救星",盘算着，万一有叫天不灵、叫地不应的时候，就去找他。

2012年，北京的冬天来得格外早。刚进11月，就连续多日雨雪交加、寒风刺骨。全市启动了提前供暖，千家万户温暖如春，可高宝来所管辖的国家重点科技单位的居民小区却供不上暖气。公寓里住的多是空巢的老知识分子，最怕冷，更怕病。怕冷、怕病也要出门，去找物业。如果坐在家里干等，就有可能感冒，或者诱发老年病。

找了物业，无果。

答复很简单：管线出了问题，正在维修。

问：什么时候能修好？

答复也依然简单：我们说了不算，施工队在干活。

依然无果。

老人们无望，又没办法，觉得到了叫天不灵、叫地不应的时候，就想起了"小广告"上的高宝来。

有人说：打电话吧。

可是，出来急，谁都没有带那张名片。互相埋怨了半天，拿出了行动方案：警务站在解放军医院的大院里，我们去找。

七八个老人出了门，深一脚、浅一脚，去找高宝来。老天开眼，遇到了好心人。走出不远，他们就得到了消息：刚才，我看见了那个老警察，正在我们单位的楼道里检查监控探头。

老人们喜出望外，风雪中的长征路少了一大半。单位的后门就在院子里，再走十几米，就胜利在望了。

见到七八个风尘仆仆、擦着鼻涕眼泪的老人，高宝来连连说：别着急，别着急，跟我走！

进了物业办公室，里面站满了人，都是来询问何时能修好暖气的。逼得几个工作人员绷着脸，赌着气。

高宝来搭腔：几位，辛苦了。暖气到底是怎么回事？

坏了，正在修！

什么时候能修好？

不知道！

暖气送不上，我们就不走！老人们有高宝来撑腰，理直气壮提要求。

周围的人也跟着附和：对，就在这里等！

高宝来连忙转过身，对老人们说：暖气坏了，确实一时半会儿修不好。大家挤在这里，妨碍人家工作。你们都回去，我在这里守着，暖气不热，我就不离开！

看着他憨实、认真的表情，大家便陆续散了。

高宝来并不坐着等，而是打电话。先是找了物业公司的总经理，又找了董事长。像根钉子，揳入了与修暖气相关的各个环节。不管是推托，还是正式理由，还是官方借口，都必须明确地指出一条路。他并不在乎人家是推托或者借口，只要能走下去，就锲而不舍。绕山转水，最后，把电话打进了施工队。

师傅，您好，您辛苦了！我是恩济庄派出所的社区民警高宝来。

接电话的负责人吓了一跳，不知警察有何贵干，连忙竖起耳朵。

天太冷了，老人们大多空巢，万一冻病了，要去医院的话，麻烦就大了。您费费心，想想办法，能不能加快些进度……

高宝来的语气既焦急又诚恳，就像在说自家父母的事情，令负责人深受感动。他连忙表态：我马上增派人手！您放心，今天晚上，一定修好，保证不过夜！

坐在家里的老人们，终于等来了暖气。从此，"备胎"变成了靠山。他们并不会逢事就找高宝来，而是把他当成宝贝揣在心里。因为有了那张名片，就不会走投无路。可是，一个困难是否到了走投无路的程度，与年龄有极大关系。对耄耋老人来说，如果空巢，随时都有可能走投无路。

八十二岁的老知识分子张义，头脑清醒，腿脚灵便，把高宝来的名片揣在随身携带的钱夹里。他不糊涂，看得见这个头发花白、臃肿笨拙的老警察整天骑着"动画片里的警车"，在小区里穿梭。有的时候，一天能见七八次。老人家知道他很忙，每当见了高宝来的身影，除了踏实，还会默默念叨：尽量不要给人家添麻烦。

可是"麻烦"听不见他的祈祷，总是不期而遇，躲也躲不过去。事情很简单，在银行里存了钱能免费获订一份报纸。存钱的时候，全是笑脸相迎、体贴入微的银行职员；送报纸的时候，换了投递公司的生性懒散的打工仔。经常不能按时送报。老人问起,先是应付,后来被追得紧了,就横眉冷脸;再后来,干脆不送了。老人家无奈,给投递公司打电话,倒是答应马上给补。来的还是不良青年,不送报,而是堵锁眼儿。路上见了,更加横眉冷脸。老先生头脑很清醒,开始的时候,并不找高宝来,而是去找物业。毕竟算不上案子,报箱的锁眼儿被堵了,物业有责任给修。老先生盘算着,物业修烦了,就会找不良青年说理,也就解决了自己的问题。可是,耄耋老人把事情想得再严重、复杂,到了身强力壮的人这里,都属芝麻粒儿,要想让他们理解其中的苦,只能等他们有幸能活到耄耋之年。

张老先生走投无路了,拿出了钱夹里的高宝来的名片。

不到十分钟,老警察就赶来了。嘘寒问暖后,仔细倾听了事件的全过程。然后表态:您放心,这件事交给我!

其实,这件事很简单,却简单到高宝来无能为力。不良青年虽缺德,但还不构成违法。最有效的解决办法,就是有人能"吓唬"一下。或者是义正词严的中年人,或者,干脆来横的:再这么干,小心打断你一条腿!

这件事,高宝来不能做,也只能去找物业。见到经理就磨:你看见那个送报纸的家伙了吗,教育他了吗?

物业、物业,顾名思义,只管"物"和"业",高宝来硬是逼着人家去管不良青年的教育工作,属典型的搅乱市场行为,经理的心情可想而知。碍于面子,不得不办。先是应付,可高宝来比耄耋老人还耄耋,见面就磨:你看见那个送报纸的家伙了吗,教育他了吗?

最终,高宝来的不屈不挠彻底搅乱了市场,经理烦得紧,对不良青年痛下封杀令:再敢堵锁眼儿,别想进小区的门!事情就这么简单,进不了小区的门,就没有了饭碗。

这件事情解决了,张义老人将高宝来的名片揣在了贴身的上衣口袋里。不久,他又走投无路了。老人家收到了一个邮包,地址、收件人都对,唯有寄出地不对:美国纽约!

老人一辈子从事国家保密的核科研工作,从未走出国门,也无亲属与美国有关。忽然,收到来历不明的包裹,还赫然写着自己的名字和地址,难免浮想联翩。他绝不敢如年轻人,三下五除二撕了包装,满足一下好奇心。只能搁在桌子上,瞅着它,提心吊胆加浮想联翩。

收到的当时,他就想打电话给高宝来。可是,一想到老警察整天风里雨里,就觉得太给人家添麻烦。搁在桌子上,瞅到第三天的时候,电视里播了美国白宫收到粉末炸弹!这让老先生立即生起勇气,从贴身口袋里掏出了高宝来的名片。

不到十分钟,老警察又来了。嘘寒问暖后,看包裹。

摸一摸、捏了捏,高宝来试探道:我把它打开?

张老先生说:万一是炸弹呢?

高宝来想了想,说:这样吧,我把它带到警务站。

老先生犹豫:也许,是寄给我的东西。您看,地址、收件人都对。

高宝来表示赞同：您跟我一起去警务站。

老先生露出难色：路挺远，再说，您骑着车。

哦，对了，高宝来一拍脑门儿：我忘了这个茬儿。这样吧，我们去楼下的物业办公室。

老先生立即表示大力赞同：行，我这就跟您去！

经理正在办公室里，看见这二位又来了，不禁皱眉。

高宝来将包裹放在桌子上，又要了剪刀，一层一层，小心地打开了包装，两盒面膜赫然在目！

老先生极尴尬：这，这，这是怎么回事？

高宝来波澜不惊：大概是寄错了。

那该怎么办？

让我想一想。

经理看着眼前耄耋的和年过半百的，同是一副认真又为难的样子，忍不住道：交给我，等快递员来了，退给他！

二

居委会有个赵哥，是主管全面工作的副主任。其父是共和国功臣，官至部级，在"文革"期间遭到迫害而自杀。

那时，赵哥还是懵懂儿童。父亲的死，他还不懂有多苦，就像他还不懂何为正道沧桑。没有了父亲，他就像一只野雏鹰，飞过了世界观形成的黄金年代。他善良，父辈为国出生入死的根性，也深深地埋在心里。但成长期的外缘，又让他戴上了玩世的面具。

遇到高宝来，一个没有丝毫"玩世"细胞的老警察，两个人在工作上必须相生；可脾性上，却是相克没商量。第一天见面，高宝来就把赵哥眼里的芝麻，弄成了大西瓜。

进了居委会，先是热情拥抱。赵哥肢体语言也玩世，高宝来又憨实，搞得像多年不见的亲兄弟。问过了年龄，高宝来即叫赵哥，随后，去掏烟盒。先掏左衣兜。结果，揣错了烟盒，不是红塔山，连忙换了右边的兜。赵哥看着他，像看天外来客，玩世不恭的话，已经到了嘴边，又咽了回去。毕竟，人家是第一天上任的社区民警。于是，接了烟，准备找话题。

还未开口，高宝来即从包里拿出了黑色大笔记本，翻开，又拿出笔。

赵哥脱口而出：您这是嘛、嘛……呢？

高宝来一脸认真：记录啊。

记啥？

第一天下社区，工作记录。

赵哥想说：这有啥可记，但碍于刚见面，又生生地咽了回去。正憋得紧，手机响了，赵哥接了电话，说：您来吧，钱包在居委会办公室。

赵哥终于找到了话题：高警官，有人在居民楼门口，捡了一个钱包，送到居委会。丢钱包的人找到了，他马上来取。说完，站起身，朝走廊喊：小李，把钱包送过来。

接过钱包，高宝来打开，认真查看。然后，又认真地在本子上一一记录。

赵哥忍不住：嘛呢，您这是嘛呢？

高宝来一副天经地义的表情：捡拾物品要登记。

赵哥还想说：嘛呢，太夸张了吧。丢钱包的人进了门。

高宝来先是详细询问他的自然情况——姓名、住址、工作单位、身份证号，一一记录。然后，又问了钱包里的物品，核实后，才将钱包交给了他。

人家走了，赵哥再也忍不住：您这不是自找受累吗？

高宝来说：这是工作。

赵哥脱口道：这么干，非累死不可！

第一个回合，明明芝麻大点儿事儿，活活弄成了西瓜。随后的工作，在赵哥眼里都是西瓜，又被高宝来弄成了山！

春节将至，高宝来走进居委会。见到赵哥，敬了烟，又拿出笔记本。

赵哥问：嘛呢？

布置春节安全防范工作。

得得得，嘛呢，都是老一套，还用这么认真？

高宝来说：咱先商量，然后开个会。

赵哥一听要开会，连说了三个"嘛呢"：我这儿全都防范着呢，您可别把西瓜弄成山，要过年了，活儿有的是！说完，脚底抹油，溜出了办公室。

赵哥走了，高宝来只好单打独斗。

去找物业、找保安队，联系各楼长，努力贯彻所里布置的春节各项安全防范工作。敬了一圈烟，说了一圈"这是大事儿"。终于统一了各方的认识：这个老警察是打毛主席他老人家那里穿越过来的，世界上最怕"认真"二字，他简直就是这二字的化身！

高宝来在居民社区里的工作，一直处于"拧巴"状态。不是他不想理顺，而是无法理顺。在解放军医院和海淀区实验小学，高宝来深受"重用"，原因是他所做的工作都是以前没有人做又迫切需要有人担当的事情。按照人们的观念和社区民警的职责，高宝来至少属于半义务服务。人心自有一杆秤，大家心知肚明，不能再因性格特点、工作方法而苛求他。

进了居民社区则完全不同。这是本职工作，打有社区民警那天起，就有固定的方法、模式。前辈无数，都是居委会有事找片儿警，大家早已习惯成自然。忽然出现了高宝来，整天追在屁股后，这是"大事儿"，那也是"大事儿"，面对工作，锱铢必较，芝麻变西瓜，西瓜变成山。在派出所里"独孤求败"，到了社区，也只能"独孤求败"。

赵哥对高宝来，"烦"字当头。也难怪人家烦，高宝来干的"奇葩"事情，气得他咬牙切齿带吐血。赵哥的儿子留学回国，找到了一份儿"高大上"的工作。赵哥得意无限，跑去找高宝来：儿子要入职了，您给开张无犯罪证明。

高宝来说：请他来，带着户口本、身份证、护照、国外学习证明……

还没等他说完，赵哥便急了眼：嘛呢，嘛呢，那是我亲儿子！

高宝来一脸困惑，连忙分辩：我知道，我知道那是你亲儿子！

知道，还要审！你当我是什么人，我儿子犯过罪吗……

赵哥一通连珠炮，高宝来岿然不动：让孩子有时间来一趟，带着户口本、身份证…

从此，赵哥见了高宝来就想躲，实在躲不开，嘴里就会蹦出一串儿"嘛呢""嘛呢",怎么到处都有您老人家；或者，求求您，这件事都说一百多遍了，别总给我开会！

但无论怎么"烦"，赵哥的工作也离不开高宝来。

海淀区争创全国文明城区，环境卫生是最重要的指标之一。落实到社区，清理居民楼道杂物是令居委会最头疼的工作。凡把"宝贝"堆到楼道里的住户，一是年龄大；二是苦惯了；三是对未来没有安全感。经济条件和精神世界都处于底层的人们，看不懂也顾不上创建文明城区。清理了"宝贝"，就像搬走了一座靠山，尽管这靠山又破、又脏、又旧，可除此，他们没有什么可以靠。对于居委会和赵哥来说，这项工作虽是个西瓜，难度却像一座山。

令赵哥窃喜的是，每次清理楼道杂物，高宝来就会随行保驾，这是他求之不得的事。在老百姓眼里，警察一来，整个事件的场面就上升了一个档次。说震慑力也好，说体现了重视程度也罢，总之，警察掺和到了清洁工的队伍，事情就是会变得不一样。赵哥心知肚明，高宝来做这件事纯属义务服务。他算得了大便宜，但面子上还要绷得住，仿佛天经地义。其实，赵哥并没想到，高宝来从未拿他当外人——老百姓以外的人。能惯着别人，也同样能惯着赵哥。"惯"就等于不计较任何得失，还等于无论对错，都能接着、顺着。

可是，大家合适了，高宝来注定要不合适。他一出场，就会处于矛盾前沿。要苦口婆心，有时还要自掏腰包，甚至还要忍辱。有一次，大家费了九牛二虎之力，做通了工作，一户人家同意清理攒在楼道里半辈子的物件。可终归是不甘心，说没有车，拉不走。僵持半天，高宝来说，我去雇车。于是，自掏腰包雇了车。东西拉走了，皆大欢喜。可随后，派出所的报警电话就响了：片儿警用车拉走了我的古董，价值二十万！

这件事给所里添了大麻烦，也令高宝来极度灰头土脸。大家难免议论，清理楼道就是打扫卫生，社区民警去干，不但属多管闲事，还严重降低了自己的身份，变成了"警察与小偷"。议论的结尾，难免加一句：这不是有病吗。高宝来不可能听不见这些闲言碎语，来来回回去派出所里公干的赵哥，也不可避免地感觉到了他的尴尬。赵哥是善良的，从此，这类工作就尽力瞒着高宝来。可是，不久，他就被生活在蟑螂窝里的丛铁锁逼上了绝路。

全社区最该清理的就是这一家,最难清理的也是这一家。真实的情况是,打从有清理楼道杂物这项业务起,居委会就从未撼动过这座山!丛铁锁自幼丧父又丧母,不知这对父母如何割舍下了自己的傻儿子,任由他在人间独自漂泊。丛铁锁虽智力低下,却有自己的精神世界。他每天靠捡破烂、卖废品维持生活。同时,他爱上了积攒旧衣服,即使饿死,也绝不卖。捡一件叠一件,仔仔细细、整整齐齐,摞在父母留下的房子里。就是靠着这根脆弱的精神支柱,他熬度着凄凉的生活。

可是,这又是一根怎样的支柱!数年下来,衣服败了、霉了,成了一摞摞的纤维灰,也成了蟑螂的乐土。闪闪亮的蟑螂翅膀使得屋子里简直不需点灯。打开门,异味冲天;关上门,连只脚都容不下。多年来,邻居们怨声载道,居委会的干部来了一次又一次,丛铁锁守着自己的家园,誓死抗争到底!海淀区要争创全国文明社区,赵哥也来了一次又一次,同样,铩羽而归。眼瞅着就到了考核评比的关键时期,赵哥也被丛铁锁气昏了头,再也顾不上高宝来的尴尬,直接求助:您带上手铐,去把"傻三儿"抓起来!丛铁锁的大名早已被人遗忘,只写在他的户籍信息里和高宝来手工自建的常住人口登记表上。大家都叫他"傻三儿",至于此名的来历和出处,只有天知道。

高宝来二话不说,跟上赵哥的队伍就去了。丛铁锁堵在家门口，一副誓死守卫家园的气势。赵哥见到他，气不打一处来：今天，非掀了你的蟑螂窝不可！

"傻三儿"天不怕、地不怕：老赵，丫挺儿的，出门让车撞死你！

赵哥浑身哆嗦，七窍生烟："傻三儿"，我拘你个王八蛋！然后，转过身喊：高警官，拿出你的手铐！

高宝来走上前，既不拿手铐，也不开执法记录仪，只说：三儿，你过来。他不叫大名，是因为，"傻三儿"只知道自己叫"傻三儿"。

丛铁锁顺从地走到他面前。

高宝来又唤：三儿。

丛铁锁应道：高警官。

你的家太脏了。夏天容易繁殖病菌，四季都有着火的危险，这是大事儿！你住在里面，要是病了，或者起火烧了，你的命就没有了，这更是大事儿，你要把自己当个事儿！

听了高宝来语重心长的话，丛铁锁第一次懂得了，比旧衣服更重要的是自己的生命。

他看着高宝来如父如母、写满疼爱的面容，嗫嚅道：高警官，我听您的话。

这就对了。让居委会的人帮你收拾了，以后，就像大家伙儿一样，干干净净地生活。

丛铁锁答应了，顺从地站在高宝来身边，看着居委会干部们，从家里清理出所有的旧衣服。赵哥一口气雇了九辆车，才拉走了这座垃圾山。

从此，"三儿"就挂在了高宝来的心上。他曾努力说服居委会给他一份正式工作——清扫社区垃圾，还经常登门检查防火情况。丛铁锁依然热爱积攒旧衣服，每当又要攒出蟑螂窝，高宝来就语重心长地重复那句话：你要把自己当个事儿！于是，居委会的人就能顺利走进他的家。

每次见面，高宝来都会亲切地唤：三儿。

丛铁锁也会顺从地应：高警官。

于是，一句"三儿"，一句"高警官"，让无父无母、飘零人间的傻孩子，获得了久违的温暖与尊严。

解决了丛铁锁蟑螂窝的问题后，赵哥和高宝来的感情拉近了，两个人的关系进入了团结多、斗争少的模式。对高宝来的"大事儿"，赵哥也开始配合、协助。社区民警有一项基础工作，就是对辖区内的某些特殊人员进行管控，主要以刑满释放、吸毒、参与邪教等人员为主。高宝来严格按照工作要求，定期上门，掌握他们的动态。本可以登了记、问了情况就离开，甚至不上门，填了上峰发的统计表就算完成任务。可是，他太善良，不自觉间，就把警察的工作干成了"全心全意为人民服务"。

先从进门开始，总觉得不能空着手，至少带一点水果。辖区内有一位刑满释放人员，"文革"时期入狱，改革开放后才出狱。到了高宝来进入社区，他已八十多岁，高宝来称他大爷。并不应，只顺着眼，不说话，也不拒绝警察登门。

高宝来忠于职守，每到该去的时候，通常都是节假日前或者国家重要时刻，比如"两会"召开之际。他通常坐一会儿，留下一点水果，就离开。大爷的任务就是开了门，听高宝来自说自话，然后再送他出门。

还有一户，夫妻两人都已七十多岁。十多年前，儿子死在监狱里。那时，他们还年轻，到处上访告状，甚至接受外国记者采访。闹得小有名气，个别居心叵测的外国记者，会摸进居民区寻找他们，试图进行采访。随着年龄增长，男人闹不动了，女人还存着韧劲儿，于是，就成了高宝来的工作对象。大家都叫男人"亚司令"，他却丝毫没有"司令"的气势，每当警察上门，都是女人发言。据说，"亚司令"是穷小子，娶了大户人家的绝色小姐。这件事无从考究，但从他们的日常生活中，能看出一些端倪。"亚司令"每天买菜、做三顿饭，女人每天出门打麻将；不过，也难断定。一个面对厄运无能为力的男人，只能顺从妻子，默默承担痛苦与责任。

高宝来既同情"亚司令"，也怵着女人。并不是怕她口出恶言，而是受不了她心里的苦。又不得不去工作，就像重提旧事，戳他们的心窝子。唯一能弥补也能减轻些愧疚之情的办法，就是带一点水果。

这里带一点儿、那里带一点儿，每年都要去十次八次，需要带的水果，就成了山。国家和公安都没有这笔专项资金，自己的腰包掏不出了，高宝来只能惦记赵哥。因为，居委会有些相关经费,就算用光了,赵哥早年做过成功商人,也比他富裕。

每到这个时候,高宝来就去居委会,进了屋,说:当哥的,走一趟?

心情痛快时,赵哥会立即站起身:行,就走一趟!

心情不顺时,便需"斗争"片刻:您说,您老人家,把您上峰发的那张表,填了,不就结了吗?非要走一趟。我向毛主席他老人家保证,全世界再不会有人像您老人家这样,跑到咱社区,挨家挨户去检查您到底是不是走了一趟。

但即使说破了大天,赵哥也必须陪高宝来走这一趟。毕竟,这项工作也有居委会的责任。心里烦着,就怼高宝来:您这是苦干、实干加"死干"!

提到"死干",赵哥又来了气:您折磨我也就罢了,别再去找白经理了,成吗?

高宝来说:餐厅里那个有前科的厨师,我必须见面。

您咋见?他都半年多不上班了,让人家老白上哪儿去找?

高宝来又"轴"上了劲儿:那个厨师犯过伤害罪,户口还在管区里,我必须见个面才放心。

春节、两会、五一、十一,您都折磨老白一百多次了,还要去?再说,您已经把他得罪惨了,谁愿意帮忙。

高宝来面露失落:哥,我也没有办法。餐厅的服务员扎了人家宝马车的轮胎,还能不处理?说着,又去掏烟盒,却掏出了润喉糖盒。

赵哥说：您留着自己润喉吧。

高宝来说：不是糖，是好烟。说着，打开盒子，认真地挑了挑，拿出一根：这是"大中华"，昨天去广东大厦，办事处的小李敬给我的，你尝尝。

看着高宝来认真的表情，赵哥叹了口气，接过烟，语重心长道：处理，也不是你这么个处理法儿。是宝马大款错在先，停车堵在人家餐厅门口，咋说都不听，不扎轮胎，他能改吗？

高宝来坚决道：扎了就违法，就该赔人家钱！

你、你、你……到底跟谁一伙儿？天天喊为老百姓服务，咋不帮农村来的打工娃？

高宝来道：大款也是老百姓，我们执法要公平。

赵哥气急败坏：您老人家就是个"死干""死心眼"！

一天中午，高宝来忽然接到赵哥的电话：您在哪儿呢？

我在北门岗。

嘛呢？

没啥事。

没啥事，嘛呢？

高宝来顿了一顿。

赵哥就急了：真服了您这磨磨叽叽的性格，算了，您等着，我马上过去。

说完，一口气从居委会跑到北门岗。

远远地就见高宝来站在马路中间，对着来往的过路人指指画画。赵哥顺着手势看过去，只见旁边的电线杆上，有工人正在维修线路。高宝来站在下面，提醒过路人，要小心，躲着走。

赵哥跑到他面前，劈头说：出大事儿了！

高宝来急问：咋了？

52号楼地下室，发现了一个人！

他在干啥？

赵哥脸色发白，口吃起来：好像是吊……吊……

高宝来立即明白了他的窘境，说不出的那个"死"，铭刻着他童年的创伤。

你们下来一个人，守在这里！高宝来朝电线杆上喊道。

不等回答，他又喊：这是大事儿，万一掉下东西砸了人，就麻烦了！

地下室里吊死的人是"亚司令"。

早晨，他先出门。对女人说：我走了，以后，不照顾你了。

以后，赵哥也无法走进"亚司令"的家。只剩下了高宝来。他不但节假日、国家重要时刻会来，平时，也经常上门。

见了面就说：老大姐，没事儿，我来看一看，别哭！

女人也坚强，抹了泪，说：您放心，我不出门，您也守好了大门岗，别让那些记者进来。

"亚司令"走了，女人所有的苦难都化作了一个态度，等着高宝来上门的时候说出来。

三

在物质方面，钱无疑是最大的财富，数量越多，外在生活就越所向无敌。而在精神方面，最大的财富是一颗包容的心，其度越宽广，内在生活就越坦然平静。如果没有或者极度贫乏，不但自我苦不堪言，其苦还会外延。钱穷，只会穷一人、一家；心穷，则要拖无数人入苦海。

对于许多老年人来说，穷了一生、苦了一生，通常是指物质生活。其实，在精神生活方面又何尝不是如此。即使到了耄耋之年，这份贫乏依然没有消除。世界稍有风吹草动，他们就会付出惨重的代价。

九十多岁的李大爷和八十多岁的刘大妈住上下楼。某夜，楼上传来了不断挪动板凳腿的声音，让楼下的刘大妈心烦不已。她穿上衣服，出门爬上楼，找李大爷理论。几句话，便言语不和。老太脾气刚烈，老头儿倔得像八匹马拉不动的车。吵来吵去，也吵不出个所以然，老太憋了一肚子气，下楼回家。

其实，解决这一切只需要一点点的包容心：老太忍一忍，相信九十岁的老头儿绝对没有力气，整晚都与板凳腿较劲；如果老太忍不了，老头儿赔个笑脸，说句"对不起，我注意"，这件事也就风吹云散了。偏偏两个人的心量都"穷",一定要争出蝇头之利,结果,闹得不欢而散。

回到家里,老太逐一给三个女儿打电话,诉说委屈。第二天,她们便齐齐登了门,步调一致,想法也一致,坚决支持母亲,再去找老头儿理论。四人上了楼,开门的是三人。老头儿也早有准备,叫回了女儿和外孙。七个人钻进一个"牛角尖",吵得天翻地覆,当然,还是吵不出个所以然,却吵出了"节外一大枝":老头儿气急摔门,歪打正着"报了仇"——正好夹了老太的手指头。

现场形势风云突变,世界本无事,终于有了事。三个女儿抱着老太的手,又是哭,又是喊,又是打110报警。警察说,先去看伤。于是,一行人奔赴医院。看伤的医生不知是粗心还是有意,诊断为无甚大碍。一个警察、一个医生,已经敲了敲"牛角尖",希望里面的人们醒一醒。可是,大家充耳不闻,咬住一个理,死也不松口。无甚大碍的伤也是伤,闯了祸的老头儿必须付出代价,派出所必须给评理。

走到庄严的警徽下,牛角尖也披上了庄严的外衣——民事纠纷调解。说来说去,还是论不出对与错,老头儿的外孙代表老头儿发言:挪凳子腿儿,不是有意吵老太;对方反击:就是故意的!

上帝来了,也评不出这个理。因为,这个理只存在于人心上,名字叫宽容。要想解决问题,就要依了这个理,七个当事人不依,就要有其他的人来依——那就是号称国家专政工具的警察。一个与此事无关的人,要挑起这副重担。劝了证方,劝辩方,劝到了连老太都找不出还有什么可劝,终于结案,并由双方签字画押:去医院花了两百块,由老头儿赔付。

可是,老太的心无论如何也结不了案。把自己折腾得天翻地覆,只赔了两百块,就觉得亏上加亏。平时楼道里相遇,彼此侧目而视,又总是老头儿占了上风。老太的心装不下如此多的"亏",绞尽脑汁,再找自己的"理"。于是,又去医院。心里盼着,伤了的小手指,过了这么久,也许会长出"新问题"。"苍天有情",居然遂了她的心愿。老太伸出手,这次遇见了兢兢业业的医生,他做梦也想不到患者看病的目的,秉承最严格的职业精神和传统的尊老美德,让老太拍了片,又耐心细致地解释了骨头曾经受过伤。

骨头受了伤,那就是骨折。老太心里终于生出了"扭亏为盈"的希望。不知是哪个女儿"精通法律",提出了斗争新方案:老头儿已经构成了伤害罪,必须要求派出所把他抓起来!

就此事而言,于法于情于理,都不能把九十多岁的老头儿抓起来,送进监狱。警察的心再大,也装不下老百姓如此诉求。只能推:去法院吧,去告我们,如果法官判派出所裁决有误,我们坚决改正。

于是,一行人奔赴法院。结果法院一纸判决:维持派出所裁决,让老太心里的"亏"变成了无底洞。这次的罪魁祸首是派出所和法院，要告他们，党给老百姓准备了另一条路：信访部门。

一个母亲、三个女儿就像好莱坞大片的主角，阻碍的力量越大，反抗的意志越坚定。先去北京市公安局，再到公安部；接下来，依次为最高检、最高法，直至中南海。在这艰苦卓绝的过程中，一家人成为海淀区最著名的上访户，也揪碎了恩济庄派出所的心。

这边厢，满世界告得热火朝天；那边厢，老头儿与家人也绝不屈服。双方终归是邻居，抬头不见低头见。除非不见，凡见必吵。其能量超越宇宙级，对骂起来，连假牙都喷到了恩济庄派出所110出警员的脸上。不但彼此对骂，连上门试图再调解的社区民警也一起骂。当时的社区民警有心脏病，于是上演了"世界奇观"：警察如过街老鼠，捂着胸口，贴着老百姓的门边儿落荒而逃。

高宝来上任了，怀揣一颗红心、满腔热情，还有无比的自信：老百姓的事儿就是自己家的事儿，只要耐心、诚心，没有解决不了的事儿。前任社区民警带着他熟悉情况，走到老太和老头儿住的楼前，下意识捂胸口：这个楼里，有大麻烦！随后，说起了刘大妈和李大爷的故事。高宝来听了，甚觉夸张：就为这点儿事？

几天后，他就迫不及待走进了那栋楼。老太打开门，看见一个和颜悦色的老警察，客气地问：你找谁？

高宝来见她挺和善,就觉得曾经的故事太夸张,微笑说:我是新来的社区民警,准备为您和李大……

"爷"字还没说出口,就遭老太狂"喷",几分钟便彻底摧毁了他心里的那盏灯,高宝来手足无措,笑容僵在了脸上。"奇观"再次上演:身披八大件,肩挂执法记录仪,警容严整的人民警察,被老太连推带搡轰出了门,身后还挂上了一箩筐的恶语脏话。

高宝来的心里乱成了一锅粥,直接跑回所里找刘国明,劈头就说:老百姓怎么会是这个样子,这工作可怎么干?

高宝来迫切地想解决问题,除了善心,还有泰山压顶般的责任心。对于社区民警来说,管区内存在这样级别的上访户,就意味着各项考核都可能受到牵连。稳定压倒一切,其他工作干得再好,也难出成绩。并且,这种牵连是自上而下的,分局长、所长倒是不参加考核,但只要自己的管区内出了一个越级上访户,绝对会一夜成名,其他工作干得再出色,都不如这件事来得快。所谓好事不出门,坏事传千里。运气好的时候,影响不大消除得也快,只是落得在上级领导面前抬不起头;运气不好的时候,甚至要写检查、做检讨。在高宝来心目中,领导们的难处更是天大的事。刘大妈和李大爷的矛盾必须解决,可眼前看起来,根本无路可走。

刘国明心里也急,却没有什么好办法,只能说:时间会改变一切。

这句话太渺茫,连安慰都算不上,高宝来满脸愁云惨雾,连烟都忘了抽。

刘国明急中生智:明天,我和你一起去,带上水果点心。

这次终于进了老太家的门,但绝无胆量提调解。刘国明只客客气气说,要过节了,来看看您。

出师顺利,老太没有骂,也没有轰。两个人全身而退,高宝来终于找到了一条路,隔三岔五自掏腰包,买了水果点心去探望。对楼上的老头儿也如法炮制,水果点心一式两份,不偏不倚。

收了水果点心,依然要上访。腿长在人家身上,高宝来无权也无力阻止老太出门。只能时刻待命,接到上峰通知,他就立即跑回所里,向刘国明讨一辆警车,去接老太一家人。要劝,要哄上车,再送回家里。在这无望的磨难中,高宝来凭着无限的耐心和承受力,永远和颜悦色,永远周到服务。他相信,也只能相信刘国明那句渺茫的话:时间能够改变一切。因为,这是上天留给他唯一的路。

时间遥遥无期,老太上访依旧,高宝来服务依旧。终于,事情出现了"转机"。其实,并不是"转机",而是事态升级。临近春节,老太家的玻璃连续几次被砸。并且,砸的水平极高,相当于隔山打炮。老太家住在五楼,周围前楼后楼、住户无数,"子弹"不偏不倚,也不知从上还是自下,总之,准确无误,只要玻璃响,碎的一定是老太家的那扇窗!

上天终于为人民警察开出了一条新路,高宝来除了送水果点心，终于有了正事儿，老太哭天抢地，向他控诉：这件事一定与楼上老头儿有关！此怀疑并非毫无道理，就算是高宝来，也觉得极具可能性。他必须立即解决这个问题，因为已经给老太的人身安全带来了威胁。另外，如果找到证据，此事确与李大爷有关，就能以此处罚或者训诫，堂而皇之为老太寻些心理平衡，也许，就可结束中南海的"磨难"。

指导思想和目标确定了，高宝来逐一调取周围的监控，连续几个小时仔细查看，竟然找不到任何蛛丝马迹。无奈，他又去找刘国明、找街道、找居委会，上下协调，搞到了一套新的监控设备，左比画、右测量，安在了最有可能捕捉到砸玻璃嫌疑人的位置上。

高宝来为此事忙翻了天，惹起了楼上李大爷家一干人马的不满。他们竟然找来媒体，准备控诉老太，顺便披露警察有偏袒嫌疑。高宝来闻讯，立即又买了水果点心，上门耐心解释：我一手托两家，既要对你们的名誉负责，也要对刘大妈的人身安全负责，所以，必须抓住砸玻璃的嫌疑人。

可是，此嫌疑人仿佛天外来客，刘大妈家的玻璃又连续被砸了几次，监控录像里依然没有留下任何蛛丝马迹。眼看春节临近，高宝来焦头烂额，束手无策。正急火攻心，到了腊月二十九，刘大妈家的玻璃再次"中枪"，这一次，监控捕捉到了一辆出租车。可是，既看不清是否从里面飞出了"子弹"，也看不清车牌号。刘大妈家的年，眼瞅着没法儿过了,高宝来只得使出"笨"办法。找到解放军医院负责人,借出了四名保安,分两组,在老太家门口,轮流倒班,死看死守。除夕夜,高宝来在社区里巡检结束后,来到临时"流动岗哨",掏出自己的钱,给每名保安发了一百元,算是加班费。

连续死看死守几天,刘大妈和家里的窗户终于过去了这个年,老太的心也终于有些松动。逢高宝来再登门,脸色就缓和了许多。但说话要捏着心、溜着边儿,依然不敢提调解,更不敢提"不要去中南海上访"。只能说,您老人家年龄大了,腿脚不方便,如果要出去,给我打电话,我开车送您去。

高宝来是极憨实的人,说出的话,绝对覆水不收。但刘大妈并不领情,即使想全心全意、肝脑涂地地服务,人家不接受,一切就归零。不但归零,还偏了负数。高宝来最诚恳的一张脸、一番话,得到的回报是:你凭什么管着我?随后,一家四口——三个女儿挽着母亲,继续上访之路。

高宝来被逼到了绝境,依然要服务。聪明的刘国明转了转脑筋,想出了不是办法的办法。瞄准了三个女儿中的一个,特点是相对心软、好说话。然后,由高宝来时常打电话、唠家常。唠着唠着,所谓说者无意,听者有心,就有可能摸到老太又要出发上访的情报。堵是堵不住的,只能提前出发,守在公安部或者北京市公安局,或者高检、高法的信访窗口,又是劝又是哄,不惜一切代价,也要把老太和女儿们弄上车、送回家。

时间确实能够解决一切，但坐着等，时间是不可能解决一切的。高宝来熬耗着自己的生命，拼尽全力，用了三年多的时间，几乎贯穿了他短暂的社区民警生涯，也没有攻破李大爷、刘大妈各自的阵地……

宽容不但是美德，还是财富。宽容自己、宽容别人，宽容生活、宽容世界，它可无所不包，超越金钱，也可超越所谓的知识。果戈理笔下的守财奴，虽巨富，却因不能宽容自己、宽容金钱，而"穷不堪言"，他过得甚至比真正的穷人还惨，连苍蝇都当饮料喝下去。

宽容又是一种能力，有先天而得，也需后天训练。两者如果都缺，就是一种无法解脱的痛苦，自己苦，更让别人苦，进而让世界也苦。心量穷和物质穷的不同之处在于，它更加难以战胜，更加令人无望。缺钱的人，都会想方设法去赚钱；而缺宽容的人，永远不会想方设法寻解脱，而是把自己的尾巴当目标，就像着了魔——是心魔。

缺宽容的人更需要别人救助，因为，完全没有自救意识。从这个角度说，他们也许更值得同情。可是，伤人害己的作风，又太难获得关爱和同情。能看到他们的苦、同情他们的苦，必须是善良至极的心；能伸出手拉一把的，更是英雄。因为，要战斗——与心魔斗，虽没有流血牺牲，却要捧出自己的心，受尽煎熬。

在高宝来的辖区里，住着一位文化人，女，退休，独身。

把门前的公共绿地辟成自己的菜园，整日以此为生。因为是老旧小区，楼间都是狭窄的泥土路，为了改善环境，政府拨资，修方砖路。一楼的住户，不少人或多或少占些公共用地。听说修路，都觉得是好事，纷纷腾出。唯有种菜的女人，各路相关人员连续上门，说出了大天，她依然不为所动。无奈，居委会的王书记亲自出马；结果，被骂成腐败分子，借修路敛财。

王书记抹着眼泪找到高宝来，希望能帮忙做工作。经历了李大爷、刘大妈的"板凳腿"事件后，高宝来成熟了许多，他不会再跑回所里找刘国明，也不会再问"老百姓怎么会是这个样子"。人无论什么年龄，都要活到老，学到老。高宝来懂得了老百姓并不等同于可怜的弱者，而即使明白了这个道理，他依然不能违背自己的箴言：当社区民警，就是要惯着老百姓！对种菜女人生出的"惯"之想，还是源于高宝来善良至极的心，他总能看见或者感受到老百姓的"弱"，没有丈夫，也不见儿女登门，整天守着菜地当港湾，种菜女人的可怜之处虽然来自可恨之处，依然令他心痛。另外，他还见不得王书记的眼泪，一个女人为了工作，遇上了过不去的坎儿，自己无论如何也不能作壁上观。

一颗红心、满腔热情依旧，只是不再天真地怀揣无比的信心。做好充分的思想准备后，高宝来敲响了种菜女人的家门。结果，直接遭"巨喷"，理论是王书记找来警察欺压百姓。这顶巨大的帽子让高宝来无所适从，他受得累，却受不得如此天大的"误会"，憨实的性格和执着的精神，让他立志要讨回公道。

能动武吗？连想都不能想，也不会想。能解释吗？更不可能，种菜女人见到高宝来就"巨喷"。唯有华山一条路，用实际行动向她证明，社区民警不会欺压百姓，而是要惯着、宠着。目的只有一个，让她合适，让王书记合适，修了路，也让这个世界合适。

于是，高宝来连续登门十次，结果，九次遭"巨喷"。第十次，高宝来顶住所有的污言秽语，说出了解决方案：请您去单位，我们坐下来，好好谈一谈。

种菜女人听了，眼睛一亮，终于找到了"种菜"以外的营生。

可是，王书记又让高宝来犯了难。因种菜女人四处散布"为腐败修路"的言论，令她伤心欲绝，说什么也不愿意参加恳谈会。高宝来又动之以情、晓之以理。毕竟是书记，她长叹一声"您又是为了什么"，就算答应了这件事。

终于，大家坐在了一起。主持会议的是种菜女人的单位领导。刚宣布恳谈开始，种菜女人就掏出了厚厚的一沓发言稿，从刑法、民法通则以及沾边儿的各种法律条例开始，滔滔不绝，详细阐述占用公共用地种菜是如何合法，修路又如何侵害了自己的利益。

两个多小时慷慨激昂的发言，令大家面面相觑，谁都插不上嘴，也别想打断，只能听。直到累得口吐白沫，种菜女人才收了稿子,还未等高宝来和单位领导开口,便站起身:该说的都说完了,我要回去吃午饭!然后,径自离开。

单位领导无奈:高警官,我们也没有办法了,您包涵吧。王书记看着高宝来发白的脸色,也说:随她吧。

结果,谁都没有合适,只有种菜女人合适了。方砖路在她的家门口生生断了线,高宝来十次忍辱,也没有斗得过"心魔",最终,以"完败"收场。

四

在当代中国,侈谈传统佛教,成了一种精神时髦。说侈谈,是因为它是独立于科学与哲学之外的体系,普通人很难建立起符合其要求的认知角度,切入其中。仅靠一点皮毛认识,有时比不认识、不了解更危险,以宗教的名义走入歧途,更是后患无穷。比如,一提布施,大家立即觉得是一方超尘脱俗的精神高地,其实,它的真实含义是奉献,继续解读翻译,就是最通俗的三个字——做好事,并且甘愿牺牲自我。可是,在当今,一边仰视精神时髦,一边对学雷锋嗤之以鼻,这个问题非常值得认真思考,到底是雷锋"傻",还是我们"傻"。

少年高宝来将雷锋视作偶像,时代却为他规划了另一条路。尽管他也做过相似的事,在解放军医院里为丢了钱、无法看病回家的人们慷慨解囊,这也成了宣传材料里的老生常谈，也让许多人心生不满。但这只不过是高宝来诸多奉献中的一小部分。从钱上论，他更多的是"公私不分"，掏自己的钱，为工作买单。而他所管辖的社区，绝大多数百姓早已脱离贫困线，物质生活远优越于普通警察的大有人在，并不需要高宝来掏钱救助。但他们也有他们的难处，那就是精神上的"贫乏"。在当代中国，教育体系未能覆盖到人心深处，面对幽暗的精神世界，人们常常束手无策，各自为战。其中最大的问题是"缺医少药"，一个人如果先天出现基因偏差，或者后天受到精神创伤，很难得到及时、规范的治疗。在高宝来所管辖的社区里，有三十余名精神疾患人员，几乎在全北京市创下了精神疾患居民占比之高的纪录。这里还不包括极度偏执、遇事无法沟通的人。他们精神世界如同荒野，精神的野草因脱离主流价值观而疯长，又因疯长更加脱离社会。任其自生自灭就是人间留给他们唯一的路，苦难、苦难、永远的苦难，直至生命尽头。如何关爱、管理、监控这个群体，在国家的相关部门中，并没有一套基本的架构或者指导意见。只有公安机关单打独斗，落实到基层，社区民警战斗到最高境界，不过是最后一招：强制送医。而高宝来凭着一颗善良至极的心，自创了管理办法——从精神上"扶贫"，深入心灵，悉心呵护，按照他们的需求，全心全意服务。

在解放军医院家属区住着一位武姓妇女，五十多岁，单身。每天有两份工作，一是去银行；二是打110报警。

去银行，是要讨炒股票赔的钱。当然，这与银行无关，但是钱存了进去，在她思维方式里，就要从银行取出来。当然，也不可能取出来，于是，占窗口、破口大骂、哭天抢地……闹到累了，就打110，声讨银行偷了她的钱。遇到没有经验的接警员说"这怎么可能"，武姓妇女的脏话就会灌满整条通信线路。110不能拒接，更不能关机，只能听。如果胆敢挂了，武姓妇女就会变成这部接警电话的专属VIP，她会不断拨打，让110永远处于占线状态。当然，派出所有几部接警电话，她占着一部也无妨，关键是谁来听。这项业务的难度在于，不但要听，还要迎合；不但要迎合，还要诚心诚意顺着她的思路聊下去，这就是基层女民警的磨难。作为恩济庄派出所最有经验的两位接警员，侯占军和赵琳，成了武姓妇女脏话的化粪池。侯占军摸索出的办法是，认真听，认真迎合，聊到近一个小时的时候，就说，姐，我这手头还有工作，上边急着催，咱先说到这儿行吗？而文静内向的赵琳，每次听完武姓妇女"报警"，无论什么时间，也不管所领导准不准假，都要走出门，绕着派出所附近的路，转上一圈又一圈。

  对于不堪其扰的警员来说，最盼着午饭或者晚饭时间。饭点一到，武姓妇女的脑袋就像上了弦的闹钟，立即鸣金收兵，打道回府。但这也引发了大家新的焦虑，如此重视按时补充营养和能量，就能将"此闹"事业进行到底。

  可是，谁能想到，在二十世纪九十年代，武姓妇女曾是天之娇娃——美丽的空中小姐。一次失败的爱情折损了天使的羽翼。可怜的女孩忘了自己依然是天使,美丽如初,天空依然还在。散了的爱情再也收拢不起来,只剩下一颗荒芜的心。美丽的空中小姐不再美丽,飞行的浪漫也只能离她远去。

其实,事情到了这里,她依然还有疗伤的港湾——一套房子和存款。可她却当了赌注,全部投进股市,希望通过金钱博回尊严。只是,她不懂,尊严永远在内不在外。向内,观照自心,才能看清真正的对与错。就像她的爱情,即使爱错了,尊严仍在,不必去博取、去证明。

起点错了,不可能重新找回飞翔的天空。股票巨亏,她亲手拆了自己的港湾,只能回到住在解放军医院家属区的父母身边。从不到三十岁熬到五十岁,熬没了父亲,与八十多岁的母亲相依为命。

这段故事的挖掘者是高宝来。武姓妇女每天到附近的银行胡作非为,严重影响了辖区的安定和谐,要想彻底解决问题,就要找到她的病根。高宝来按照户籍底档,逐个寻找接触过武姓妇女的社区民警,终于弄清了她所有的经历。这才走进了她的家。结果,他见到的居然是另外一个女性——妈妈的娇娃,温柔、体贴,兢兢业业做着三份工作,照顾年迈的母亲。

面对老人,她的眼睛里没有了凶光,只有满满的疼爱;说出的话,别说脏字,连个生硬的词都没有。高宝来嘘寒问暖，老人耳背，女人就用最温柔的语言替母亲解读、回答。在她脑袋里上了弦的闹钟也是母亲。只要到了做饭时间，无论闹到什么境界，她都能立即收场，跑回家里，为母亲端上可口的饭菜。

看着另一个武姓妇女——极孝顺的女儿，高宝来唏嘘不已。此时，正逢北京市开展孝星评选活动，街道、居委会都在准备推荐人选。高宝来力荐武姓妇女，这让所有的人大跌眼镜：怎么可能？高宝来又拿出了水滴石穿的本领，上上下下、不厌其烦，宣讲她超于常人的孝道，终于感动众人。在街道、居委会相关人员的共同努力下，奇迹出现了。武姓妇女荣登2013年北京市孝星榜，一本证书，一块闪闪亮的奖章，让活在社会边缘的母女俩喜极而泣，尊严回归。武姓妇女终于活得像个普通人，不再去银行，也不再拨打110，她自性的光明——孝道，不但照亮了人间，也照亮了自己。

在日本有一个独特的群体叫"隐蔽男"，他们多为先天性格懦弱，后天经历了霸凌、欺辱，而选择终生封闭在家里的男青年。其实，在当今中国，类似人员也不在少数，且不拘泥于年龄。在一般俗见中，作为男人，没有资格懦弱，创世主并未赋予男人懦弱的特权。这类人，如果婚姻失败，就意味着人生失败，因此更加懦弱，只能靠一间屋子与世界隔绝。但是，经济基础决定上层建筑，日本的隐蔽男之所以能隐蔽下来，是因为屋子里既有卫生间又有厨房作为配套。而对于高宝来管区里的赵春来说，住筒子楼，厨房、卫生间都是公用，他想隐蔽，但吃喝拉撒都离不开外面的世界。他并不妨碍别人，离婚后，整天关在屋子里，面对一尊说不出何方神圣的泥塑像。

可是只要他走出门，就会妨碍别人。有些人的眼睛里不但容不得沙子，连沙子的影子也容不下。只要碍了我的眼，就算碍了我的事。赵春不看不说，但别人既要看又要说。只会隐蔽的人，无法应付这一切。于是，要看要说的人愈发有恃无恐，进而发展到语言暴力：这种人就不该出现，哪怕是做饭、上厕所。赵春可以省了饭，却省不了上厕所，屡遭白眼、欺凌后，终于将他逼上了绝路，拎起菜刀，宣示主权：我要上厕所！

施暴者瞬间消失得无影无踪，却连累了正常生活的人们。赵春口吐白沫，站在筒子楼的走廊里，挥刀乱舞，从"隐蔽男"变成了精神病患者。接到报警电话，高宝来立即赶到现场。他走上前，对赵春说：别激动，有什么事跟我说，我帮你想办法。

屋子里一盏红色的灯，笼罩着与赵春相依为命的泥塑像。只见他脸色惨白、勾着头。高宝来先开口：有什么过不去的坎儿，说一说吧。赵春嘴唇哆嗦了半天，道：我要上厕所！

高宝来诧异：这有什么难？

赵春问：现在行吗？

怎么不行！

赵春的脸上又露出胆怯的神色：他们不许。

高宝来道：我陪你去！说完，带着赵春来到走廊里的厕所旁。

你进去，我看着。高宝来一边说，一边帮他拉开了门。

上过了厕所，回到屋里。高宝来尝试与他交流。可离婚十多年，已经五十多岁的男人，谈不出任何有利于自己的话。压抑太久的精神像一堵厚厚的墙，任凭高宝来使出浑身解数，也找不到丝毫缝隙。他只好通知街道民政科，找来相关人员，商量对策。大家综合评估，必须将赵春送医。

可是，去医院就等于离开相依为命的泥塑像，还等于再也无处隐蔽，更等于摧毁勉强维持的精神世界，赵春执意拒绝。要送医，就要强制。这件事并不难，只要找来几位身强力壮的保安或协警就能解决。可是，高宝来不忍再伤害这个可怜人，他坐在赵春面前，苦口婆心，将"你病了，必须去医院这句话"，掰开了揉碎了，复读机般重复了一遍又一遍。几个小时后，大概是感动了红色灯光里的泥塑像，赵春终于点了头。

大家如释重负，可事情依然棘手。北京的几家精神病院，床位极度紧张，高宝来不屈不挠，打了两个多小时电话，终于说服了一家医院，同意接收赵春。大家又如释重负，可事情变得更加棘手，赵春拿不出五千元的住院押金。

这件事，除了警察，在场的人谁都有责任解决，可是，大家都沉默了。高宝来又拿起电话，几经周转，找到了赵春以前的工作单位。结果，人家早已改制，只有一个留守处。高宝来揪住这根稻草，坚忍不拔，反复劝说，终于寻来了住院押金。然后，又亲自陪伴赵春去医院，直到晚上十点多钟，安置妥当才离开。

整天被自己发的"小广告"折腾得东一头、西一脚的高宝来，将赵春送进医院后，依然放不下这个可怜人。工作之余，翻出了他的祖宗十八代，试图找到一个能够关心、接济他的人。在高宝来的工作日志里，记录了这段艰难历程。

赵春老家：山西省广灵县西××村；

大哥，赵广余，七十五岁，一儿三女；

二哥，赵会，七十二岁，三个儿子；

姐姐，赵翠云，七十岁，三儿一女；

妹妹，赵翠月，五十八岁，两女一儿……

不但查清了赵春的四个兄弟姐妹，连后面的儿女们也翻了个遍，最后的结论是，这些人都顾不上远在北京的赵春。除了泥塑像，他能依靠的人只有高宝来。于是，每到年节，无论多忙，高宝来都要去精神病院探望赵春。不但带去吃的、用的，陪他聊天，还去找医护人员，认真了解他的病情和表现，俨然是赵春的家人。

两年多后，由于维持治疗的费用有限，赵春病情也趋于稳定，医院通知接赵春出院。高宝来亲自去办理相关手续，将他接回了筒子楼。打开房门,闲置了两年的屋子脏乱不堪。高宝来又和居委会的同志们一起,将房间打扫干净,买了必备的生活用品,才将赵春安置进去。

勉强又过了大半年,赵春已无法独自生活。于是,相同的路又走一遍,高宝来将他送回了精神病院。这一次,赵春终于熬到了领退休金的年龄,也就是说,他的医疗费有了基本保障,可以在医院里度过余下的人生。连续四年,几乎贯穿了高宝来短暂的社区民警生涯,他用自己生命的最后时光,为赵春寻到了一条活下去的路……

五

保安一族,是北京城最尴尬的阶层。地位低,却又是守卫京城的广大群体。他们来自深山、乡村,怀着对天安门的虔诚,也怀着出人头地的梦想。可是,行囊空空如也,不但缺钱,更缺与首都相契合的一切——家庭教育、文化内涵、眼界、心胸……

北京的大门敞开了,他们就像穷亲戚进了大观园,却没有刘姥姥天不怕、地不怕的勇气。自己惧着,就惧出了皇城根下的自卑,既要守着人家的门,还要时刻察言观色。其实,绝大多数的时候,人家的脸色与他们无关。可是,脸色依然决定一切,确定的笑容,就是能够给予他们端起饭碗时的一点点舒心,尽管这碗饭既微薄又寒酸。

高宝来不笑，心里却装着最丰厚的笑容。对辖区内各单位的保安员，第一次见面，他会问家在哪儿，父母身体可好，在北京有什么困难。三句话，就将"穷亲戚"拉到了自己身边的板凳上，平起平坐，嘘寒问暖。

问候归问候，工作上绝不含糊。首先，要查明身份。保安人员大多来自正规渠道，但个别单位为了图方便或急着用人，就有可能鱼龙混杂。在这件事情上，高宝来的眼睛里绝对不容沙子。他会对每个保安队员的姓名和身份证号进行网上比对，一旦发现问题，绝不姑息。尽管查出问题的概率很低，高宝来却一丝不苟，无论怎么忙，都要把这项工作落到实处。他先后两次通过网上比对，查出有刑满释放人员经由不法中介进入保安队伍，并及时做了妥善处理。

有一天午夜，高宝来完成了本职工作，又上网核实解放军医院新进的一名保安人员。输入姓名后，报警黄灯闪烁。仔细查下去，发现他被月坛派出所登记为失踪人员。高宝来立即打电话核实情况，并联系上了他的亲属。原来，年仅十八岁的小刘与父母发生口角，赌气离家出走，几个月未与家人联系。

接到高宝来的电话，小刘的父亲泣不成声，说，妻子因儿子失踪，卧病在床。自己也无心打工，跑到北京来寻找，一个家眼见着走了下坡路。高宝来嘱咐他不要着急，路上小心，自己会先找小刘谈一谈。

来到保安队宿舍，高宝来耐心地与小刘唠起了家常。毕竟是孩子，几个回合就掏了心窝子。他说，自己离家出走是想挣点儿钱，再回去见父母。高宝来从亲情伦理谈到如何闯荡生活，用了两个多小时，对小刘进行了教育和心理辅导，使这个来自农村的打工青年，补上了人生最基础也最重要的一课。待到父亲进门，他立即认了错，并表示愿随父亲回家，学了本事，再谋生活。送走了父子俩，已近拂晓。高宝来回到警务站，和衣而卧。再过两三个小时，他就要准时去实验小学门前"拉车门"。

"一个难"总不会凭空消失，就像面临深渊的小刘的家。高宝来用自己的生命和心血，解了东家难、平了李家愁，一次又一次背负起生命之重。三个人获得新生，这个世界、我们的眼里，也因此少了一份令人锥心的苦难。

"贫"不但贫在物质，也贫在精神。对于保安员这个群体，于此两方面，起点都低。高宝来围绕公安社区工作，表面看起来是带队伍，其实，更像一个扶贫工程。他敞开心扉，平等相待，既当严父，又当慈母；既当领导，又当老师。生活上关心备至，思想上循循善诱，工作上严格要求，身兼数职，引导他们向正确的生活道路迈出一步。

穿上制服敬个军礼，这是保安这项工作给予农村青年们的全部尊严。只是一旦深入其中，他们就会发现，除此之外再无打拼世界的资本。很多时候，这支队伍近似散兵游勇,乡村男儿也是男儿,虽懵懂自卑,也有血性鼓荡心怀,渴望成为正规军,这是他们本能的追求。

高宝来为他们提供了靠近梦想的机会。甫一上任,他就开始大力整肃队伍,首先拿解放军医院的保安队开刀。由于当时部队正在调整内务管理干部,安保工作暂时处于空窗期,保安员们犹如出圈的羊,彻夜喝酒、玩游戏。小偷一路从医院偷到了保安宿舍,揣了电脑,又抽了两支烟,才大摇大摆离开,他们照样酣睡,毫无察觉。高宝来配合部队干部,制定了严格的管理制度和工作制度,不但将他们管起来,还要有事干。定岗、定责、定时间,他亲自培训,从政治思想、纪律作风到钢叉、盾牌的使用,手把手地教,迅速凝聚了"散兵游勇"们的精气神,让保安队走上了正常的工作轨道,也让他们找到了正规军的感觉。

可是,一旦进入工作状态,梦想再次破灭。成为正规军不仅是穿着神似警察的制服、跟着高宝来"招摇过市",更意味着无休止的忙碌、劳累。高宝来几乎每分钟都在工作,他们也得每分钟都在工作。有时,并不需要他们跟在高宝来身后,但随时会被检查——是否在岗,是否按要求严格履行职责。

不但要做好本职工作,还要经常跟随高宝来去做清除小广告之类的事。本以为成了正规军,却又干上了清洁工的事儿,满心不愿意,也说不出口。因为,警容严整、身披八大件、肩膀上挂着执法记录仪的高宝来,正手握小铲子,兢兢业业地忙碌，墙上、地面、电线杆上，或弯腰、或抬头，妥妥的一枚超级榜样。这些保安员们，只能收起怨气，回归劳动者的本分。

从散漫自在到整天忙得晕头转向，保安员们非常不适应。看见高宝来就想躲，暗号是：活儿来了。只是，躲也无处可躲，辞职却又舍不得——这个严肃的老警察经常待他们如父如母。有一次，高宝来嘘寒问暖，从一个年轻的保安员口中得知，食堂伙食太简单，吃不饱。高宝来马上去找相关人员，凭着自己任劳任怨、四处助人为乐积攒下的人脉，为他们争取改善了伙食。

有保安员抓捕小偷受了伤，高宝来先是找到用人单位领导，为他申请表彰、奖励；然后又召集全体保安员，耐心教给他们，工作要有协作精神，不能单打独斗，要将自己的安全放在首位，防止流血、受伤。

以此事为教训，高宝来狠抓业务技能培训，尤其是对海淀区实验小学的保安队员们要求最为严格。因涉及校园安全，每个孩子都是他的心头肉，绝对不能出任何差错。他亲自制定培训内容，监控调取、钢叉盾牌战术、突发事件处置、滋事人员带离等等，每一个项目都手把手亲自教。由于保安队流动性大，文化程度参差不齐，有的队员接受能力差，高宝来也从不埋怨、指责，而是不厌其烦一遍遍示范动作、讲解要领，还不断鼓励队员，帮助他们克服畏难情绪。保安队员走一拨、来一拨，高宝来对他们的培训也一个都没有少。在看似简单的职业培训中,高宝来的言传身教,于潜移默化中提高了这些农村青年的综合素质,为他们在北京生存下去打下了坚实的基础。

思想、工作都走上了正轨,他们还要面临现实的考验。对于这些农村青年,在未来的生活中,能否应对社会不公,坚守正直正义,是他们融入社会主潮的关键环节。解决了这个问题,也就解决了扶贫工程的关键问题——让他们认识到何为人生正途,并树立坚定信念。高宝来对此有极其清醒的认识,也尽了一个社区民警的最大能力,帮助他们跨过这个坎。

为了保证安全,高宝来为海淀区实验小学制定了严格的保安规定。外来人员入内,必须与校内相关人员取得联系;带学生离校,必须出示班主任签发的凭证。一天下午,有位学生家长匆匆赶来,要进入学校。保安员小刘和小苗,请她先与班主任联系,然后,才能放行。可这位衣着光鲜的女士,对两位保安员不屑一顾,趁他们从门卫室里走出的空隙,径自跑进了学校。

片刻后,她带着一名学生从教学楼走出,准备离开。两位保安员连忙拦住她,请她出示班主任的许可证明。此女士依然不屑一顾,仰着脸说:没有!

没有,就不能带学生离开!两位保安员也态度坚决。因为这是高宝来千叮咛、万嘱咐的硬性规定。

光鲜的女士愣住了,片刻后,忽然大爆粗口,难听的话令两个小伙子面红耳赤。

骂也骂不过,讲理也张不开口。小刘和小苗只能将表里相差十万八千里的女士堵在门口,双方形成对峙局面,剑拔弩张、互不相让。

正僵得难堪,高宝来赶到了。他首先礼貌地将女士劝到一边,然后,拨打了班主任的电话,确认了母女关系后,将她们放行。

两位保安员看着光鲜的女士,骂了人又理直气壮地离开,愤懑难平。高宝来拍了拍他们的肩膀,说:你们做得对,忠于职守的人不会吃亏。小刘和小苗尽管心里难过,但也知道事情只能这样收场。至于高宝来说的"不会吃亏",只能当成一句无奈而无力的安慰话。

两天后,又是保安员培训的日子。与以往不同,高宝来请来了学校领导。先是郑重其事宣布培训开始,然后,请领导讲话。大家既兴奋又纳闷,令小刘和小苗意想不到的是,讲话的主题竟然是表扬他们忠于职守,妥善处理了学生家长的不得体行为。两个年轻的保安员瞬间感觉自己高大起来,心里像吃了新鲜的蜜,温暖而清甜。领导讲完了话,大家由衷地鼓掌。高宝来又拿出两套崭新的被单、床罩,说:为了表彰小刘和小苗,特发奖品,以示鼓励。不但获得口头表扬,还有物质收获,两位年轻保安员的心,得到了极大的满足。

高宝来每天清晨站在校门口,风雨无阻、兢兢业业,重复上千次七秒钟，赢得了学校领导的尊重。他从未以此谋过私利，而是用在了两个普通农村青年的身上。请领导开会，看似简单，却要看开什么会。一个北京重点小学的领导，虽称不上日理万机，但也忙得团团转，能够放下手头工作，特意赶来表扬两个农村青年，只因为高宝来。他不但请来了领导，还自掏腰包购买了奖品——两套被单、床罩。

一位"光鲜"的女士，带着极端的傲娇、嗔情，打破了人与人之间的和谐之道——互为平等、尊重。这就像一个伤口，如果得不到及时、妥善修复，极有可能溃烂成祸。不良情绪和不良感受在青年心里日积月累，遇到极端环境很可能会爆发出来，变成负面能量，伤害自己和他人，甚至影响首都的安定。高宝来为此所做的一切，看似琐碎、不足挂齿，实则从源头封堵了隐患。并且让两个青年也尝到了包容和忍耐的甜头——吃了新鲜的蜜一样温润而甘甜；他们的人生也向前迈进了一大步，获得了心智的成长。

队伍拉起来了，到底干什么、怎么干，高宝来创立了新"法门"。众所周知，保安这支队伍由市场经济衍生而出，有偿服务是其最大特点。高宝来却反其道而行之，生生把有偿变成部分无偿。也正是这个变化，让年轻的保安员实现了精神上的脱贫——从本能地挣钱吃饭、懵懂谋生，到走上不计个人得失、为人民服务的高尚之路。

对于高宝来来说,这是"扶贫"的攻坚阶段。保安员们分属辖区各单位,要把他们统一拉起来,跟着自己去为民服务,好比天方夜谭,除非点一盏神灯,引领前行的路。高宝来有神灯,那就是他的"神"性——无我唯他。全心全意为辖区单位服务,不分你我,无论分内还是分外,把社会和谐、百姓安居当成自己的私利。这盏"神灯"首先照亮了各单位领导。除了对高宝来的感激之情,大家也清晰地感受到,为别人就是为自己。表面上看,花钱雇请的保安,却跟着高宝来去为别人服务。实际上,城池失火殃及池鱼,救人之急也是在保护自己,关键在于理念要变。而理念的更新,需要有"神灯"照亮心中的路。

对于保安员们来说,高宝来肥胖、臃肿,啰里啰唆,整天骑着"动画片里的警车",丝毫与"神"无关。他只能靠"笨"办法、"小恩小惠"和自掏腰包,当阿拉丁的那盏灯。

高宝来经常去街道综治办,除了工作,就是去讨"便宜"。进了门,先打招呼,三两个工作人员就会陪他围坐茶几。

坐定了,掏烟。先掏左兜,再掏右边。经常会掏错,掏出自己的"都宝"牌。连忙揣回去,再掏出来的是一个铁糖盒。里面装着各种名烟,牌子很杂,都是不同的人敬给高宝来的。他自己舍不得抽,全留下来,仔细地装进铁糖盒,逢到求人的时候,才会拿出来。

抽着烟,谈谈工作。其实,谈工作的时候并不多。与婆婆妈妈的老社区民警相比,街道综治办"高大"不少。

大家心知肚明，高宝来啰里啰唆之后，正题并非工作。

唠上半晌，他才会说：最近，街道有表彰会吗？

陪他的人说：有。

高宝来马上热烈：一定发了奖品！

是发了，不过，只剩下五份。

说到这里，工作人员会站起身，拿出几套毛巾、牙膏、肥皂之类的奖品。

高宝来连忙接了：把它们拆开，给保安员们发一发，权当是个心意。

有的时候，没有表彰会，高宝来会失望。看着他孩子般天真的表情，任谁都于心不忍。在场的工作人员急中生智，想起了柜子里还有治安员的红袖标，连忙拿出来，忐忑问：这个行吗？

高宝来说：行，行，给保安员戴上，有气势。

平日里，他还会搜集矿泉水。去辖区各单位，人家招待一瓶，高宝来不喝，带回警务站，攒起来。每当安排保安员巡逻执勤或者蹲坑守候时，发给他们。

还有一次，高宝来竟然淘起了解放军医院的垃圾箱。从里面拖出了一捆号码衣，是过去搞体育比赛剩下的。八成新，却无用处，管理人员便丢进了垃圾箱。高宝来看见了，想起有保安员喜欢打篮球，却买不起运动服。于是，将脑袋和半个身子探进去，拖出号码衣，又扛到洗衣房，用了一个上午的时间洗净、烘干，然后发给了保安员。小伙子们穿上不同颜色的号码衣,打起篮球,俨然专业队,叱咤操场,吸引了大家的目光,也增加了他们的自信。

从保安员的有偿劳务里"抠"出一部分作为无偿奉献,并不是高宝来刻意创新的结果。他不是思想家,就算是伟大的思想家,也不容易想到这一层。曾几何时,思想都围着市场转,顺应经济发展方向的才伟大。高宝来乃基层警察,与经济和思想都不沾边儿,是社会治安的复杂形势和对公安事业、人民的忠诚,逼迫他想尽一切办法,统领各单位保安队伍,维护辖区稳定,预防、打击犯罪。

高宝来初入社区时,就发现盗窃电动自行车案件极其高发。无论在解放军医院,还是居民社区,几乎随时随地都有发生,案件多到了见怪不怪的程度。就连政府主办的文明小区评选,失窃电动自行车都不再算作安全考核扣分指标。见怪不怪,并不等于不受伤害。一辆电动自行车,多则五六千元,少则三四千元,贵贱不论,一旦失窃,会给百姓生活造成极大的不便。

在解放军医院门口,有个为患癌症父亲送饭的女事主,停下车子,拎了饭盒,还没等走进大门,就看见嫌疑人骑走了自己的电动自行车。生活已是风雨飘摇,又丢了车子,其心情可想而知。在社区里,即使把车子放在车棚里,也有可能失窃。被偷得多了,人们也增加了防范意识。有位车主,将自己的电动自行车武装到了牙齿,除了喇叭没有锁,凡是能挂的地方,都上了锁。大锁、小锁、铁链锁,自觉万无一失,进了菜市场;再回来,车子照样不翼而飞。

这是公安管辖职责,高宝来岂能放过。可是,要解决问题,就要既防范又抓人。单靠一个社区民警,根本不可能实现。于是,高宝来将辖区各单位保安队伍弄成了"四不像"。说是警察,没有制服;说是保安,又干着警察的工作。除了执法,蹲坑守候、盘问巡查、抓嫌疑人,一个都不少。保安员一旦进入这种状态,就必须有奉献精神,因为无法按小时、按班次计费或者准时上下班。有时,还要联动协作,不分单位你我。

除了偷电动自行车,爬楼钻窗入室盗窃也是高发案件。尤其逢到春节前夕,一个晚上就会发生五六起,严重威胁社区居民生命财产安全。每到发案,刑警们会及时介入,勘查现场,询问受害人等,前期工作就算基本结束。对于社区民警来说,按照职责,要提高警惕,要加强防范。至于干与不干、干多少,基本都属于良心活儿。因为对此,很难定出考核标准或者具体工作条例。

高宝来有自己的固定动作。首先,每起案件必回访,上门认真倾听发案过程。刑警们已经录了口供,高宝来再问,似乎显得多余。但是,对于受害者来说,一个老警察像关心自家的人和事一样,倾听自己的遭遇,实属莫大的安慰。不但听,还认真记,在高宝来的笔记本里,留下了与刑警询问完全不同的记录:

昨天晚上,我跟几个朋友聚会,喝了酒,十点多钟回家,睡得比较沉。半夜时,觉得客厅里有灯光晃来晃去,以为是父亲起来上厕所,就没在意。早晨的时候,父亲要去买早点,发现裤兜里的钱没有了。把我喊起来,我说,你可能记错了,拿我的吧。然后,去找羽绒服。平时,都挂在门口的衣架上,却在阳台的地上找到了。一掏,里面的四百元钱不见了。哦,对了,很可能是六百元,刑警来的时候,我怕记错了,就少说了两百元。我家阳台的窗户是朝外开的,小偷是怎么打开、爬进来的……

此类作案嫌疑人,多为边远地区靠攀爬采药、摘果谋生的山民。他们既贫穷又蒙昧,只懂得饿了就要吃。至于如何"吃"、通过什么手段"吃",完全不在考虑范围。见有人跑到城市里,靠攀爬入室盗窃,不但"吃"饱了肚子,甚至还发了财。便成群结队,闻风而出。因身手太矫健,无论爬楼还是奔跑,刑警们都不是他们的对手。抓捕过程中,连警犬都累得口吐白沫、倒地不起,他们也成了令全国大中城市许多公安头疼不已的犯罪群体。

高宝来不怕,知难而进、迎难而上。抓这种嫌疑人,对于他率领的保安队伍,是不可能完成的任务。他只能又使出"笨办法":死看死守。将各单位保安编成几个组,从午夜开始,在居民区内,倒班巡逻至天亮。武器是手电筒,一边巡逻，一边四处乱照。典型的散兵游勇战术，却颇有成效，吓跑了他们逮不住的嫌疑人，有效地压住了案件高发势头。只是苦了保安员们，白天要正常工作，该守门守门，该看停车场看停车场，到了晚上，还要熬。并且，全义务、无偿服务。加班补助就是高宝来发的牙膏、毛巾或者一个红袖标。在2015年春节前夕，连续四十多天，保安员们跟随高宝来，无怨无悔，熬到了恩济庄派出所警察的境界，站着都能睡过去。对于他们来说，这是纯粹的为民服务，没有报酬，不计得失，熬耗着自己的青春、心血，换来了社区居民的生命财产安全。

要问是什么力量支撑他们如此全心全意，只能说，榜样的力量是无穷的。高宝来已半百年龄，退休指日可待，不可能升官，更不可能发财。可他依然把人民警察的职责和社区居民的安全当作自己的"私利"，全身心投入，全身心付出。那段日子，他几乎没有睡眠时间。从午夜开始，亲自带领保安员们巡逻，到了天亮，也就到了他去实验小学"拉车门"的时间。困了、累了，不是抽烟，就是喝浓茶。每天抽六米三盒；茶瓶里，三分之二是茶，只有三分之一是水。抽得喝得生物钟完全紊乱。不会睡觉了，是高宝来从警生涯中，最独特的创新。看着他如此煎熬，保安员们也心疼，纷纷劝他，我们保证坚持巡逻，您在警务室里指导就行。可高宝来说，我不带着干，就不放心！

其实，谁都心知肚明，没有高宝来，就没有神灯。只要他走在前方,这支"四不像"的队伍,就能按照社会治安、人民群众的需要发挥作用。

六

高宝来妻子张利的同事刘姐,能力强,为人正直。退了休,发挥余热,在居委会工作了些时日,与高宝来也算熟悉。后来,儿媳连生了两胎,便回家发挥余热。和老伴一起,买菜、做饭、看孩子,每天忙得不亦乐乎。为了"工作"方便,花五千多元,买了一辆电动自行车,漂亮的宝蓝色,老两口爱不释手。到了晚上,待儿子、儿媳下班,老伴就带着刘姐到小区里的空旷地,教她骑电动车。与年轻人一样,刚学会的时候,都在瘾头儿上。某日,自告奋勇去买菜。到了这个年龄,难得还有上瘾的事,刘姐骑着车,一路心情舒畅。进了菜市场,看啥都顺眼,鱼肉、蔬菜、水果,买了一大包,出了菜市场,傻眼了:宝蓝色的电动车不翼而飞!

失魂落魄间,跑去派出所报案。可报完了案,石沉大海。刘姐是通情达理之人,懂得公安工作的难处,也明白要破这种案确实难,只能自认倒霉。可是,一想到是新车,又是刚学会,关键是丢了车,老伴就要步行去买菜,大包小兜颇吃力,心里的弯儿便捋不直。郁闷的时候,去学车的地方溜达,某个傍晚就遇上了高宝来,他也在附近溜达。

刘姐纳闷儿，整天忙得像陀螺的人，怎么忽然有了闲情雅致。看起来，又不像。只见他警容风纪严整，身披"八大件"，肩挂执法记录仪。于是，刘姐走过去打招呼：高警官，您忙啊。说完了，就觉得不妥，人家明明在溜达。于是，又改口：难得您有闲，咋不见您带着张利。说完了，更觉不妥，表情甚尴尬。

高宝来笑了：我在等个人。说完了，也连忙改口：哦，不是人，是狗！

刘姐张口结舌：您，您真会开玩笑……

高宝来意识到，这话头岔到了南天外，连忙解释：大姐，是这么回事。下午，我接到七十八号楼老于的电话，在这附近，有人遛狗不拴绳儿。

刘姐连忙接道：是有这么回事，我也看见了，黑色的、挺大的个头儿，大家见了，都绕道走。

高宝来说：我这会儿正有空，就在这附近溜达，找一找。

刘姐诧异：您就这么等着？

高宝来点头：找到了狗主人，想办法解决这个问题。

看着眼前的老警察，刘姐就想起了自己的委屈，说：有件事，您能管吗？

又不是外人，客气啥。

于是，刘姐就一五一十说起了宝蓝色电动自行车的故事。

高宝来认真地听，然后说：我记住了，一定帮您查一查。

刘姐说完了,心情舒畅不少。

正在此时,黑色、没有拴绳儿的狗出现了,后面跟着一个老人。高宝来连忙迎上去。见来了警察,老人有些紧张,将狗唤到身边。

您好,我是社区民警高宝来。

老人连连点头:知道,知道。

您的狗办证了吗?

老人一脸茫然:是儿子买了送给我的,做个伴儿。

高宝来看了看那条狗:虽通体黑色,但颇温顺,中等个头,不属大型烈犬。

于是说:您需要给它办个狗证。

老人问:去哪儿办?

高宝来想了想,说:您让儿子给狗拍张照片,再把您的身份证也拍下来,然后,一起发到我的手机上。

老人喜出望外:这就成了?

高宝来拿出名片递给他,说:这上面有我的电话,您交给儿子,让他尽快把照片发过来。我回派出所的时候,帮您办证,您叫什么名字,住在几号楼?

老人千恩万谢,说了名字和地址。

高宝来又嘱咐道:出门遛狗,必须拴绳儿,这是大事儿。万一它咬了人,或是撞倒了孩子和老人,会出大事儿!

刘姐站在旁边看了半天,看着,看着,就觉得自己的心也慢慢开始捋直了。于是,叹了口气,转身往家里走去。

高宝来追着她的背影喊:您放心,我一定帮您查一查。

过了半个多月,刘姐已经淡忘了这件事。忽然,接到高宝来的电话:请您马上到甘家口商场门前,带着发票!

原来,高宝来接了刘姐的案子,当天晚上就调取了附近的监控录像。然后,顺着沿途的探头逐一追踪嫌疑人的轨迹,寻找电动自行车。忙了大半个月,追出了管区、追到了甘家口。功夫不负有心人,终于,高宝来在商场附近,发现了一辆崭新的宝蓝色电动自行车!他守在车子旁边,等了许久,等来了车子的主人。可是,人家一口咬定,电动车是自己买的。让他提供发票,却称:找不到了。

当刘姐带着发票赶到后,高宝来仔细与车子对照,核实相关信息。结果,并不是她丢失的那辆。车主很不满,高宝来只能千解释、万道歉,总算过了关。

车主离开了,刘姐的心里装了满满的不过意。尽管最终也没有找到那辆心爱的宝蓝色电动车,但高宝来破了她心头的案,对警察的感恩与体恤,使一切都已释然。

盗窃电动自行车案屡禁不止,与嫌疑人有很大关系。基本都为外地妇女,多为孕妇。无辜的胎儿还没出生,就跟着母亲去偷窃,成了世界上年龄最小的"犯罪嫌疑人"。之所以挺着大肚子作案,一是不容易引起注意;二是方便藏作案工具,肥大的身形裹着肥大的棉袄,里面搂着V形铁剪和改锥。不得不说,她们成功了。警察彻底技穷,不抓,偷得热火朝天;抓了,更麻烦。讯问,做笔录,用电脑打好各种文书、手续,扣押犯罪工具,核实户籍信息,做吸毒尿检等等,所有工作结束,却送不进拘留所,只能释放。原因只有一个,胎儿犯罪不受处罚,母亲便沾了光。

高宝来立志要解决这个问题,他的出发点是保护社区居民财产安全。无形中还解救了这些胎儿。无知的犯罪也是犯罪,注定要在他们的生命中留下印记。在抓与不抓的问题上,警局内部颇有争议。要抓,非常困难,需连续多日彻夜蹲坑守候;总算抓到了,又等于白忙。

高宝来坚持抓。他面临的首要困难并不是熬夜、蹲坑,而是必须担当。有时,担当并不是铁肩担道义,而是给别人添麻烦。抓了人,必须送回派出所,由负责打击任务的民警进行处理。他们整天忙得团团转,每个抓到的嫌疑人,至少二十四小时后才能离手,送进拘留所。加上是孕妇,做无用功,谁都想躲着走。高宝来"不识趣",送了一个又一个,相当惹人烦。他并不傻,懂得别人的心思,只能硬着头皮强忍。

其实,这样做,不但苦了别人,更苦的是他自己。警队都是四班倒制,高宝来是独自连轴转。他属二警队,连轴转起来,还会"坑"其他警队。2014年严冬的一天,一警队的警长曲一民正逢主班,从早晨忙到第二天凌晨四点多,刚躺下,还未合眼,就接到了高宝来的电话:抓到了一名盗窃电动自行车的孕妇,请你派人带回所里!曲一民二话不说,翻身下床,亲自出马。不是不可以派别人,而是大家都刚刚躺下,面对高宝来的"坑",他只能坑自己。

到了警务站,高宝来坐在屋里。曲一民问:谁抓的?

高宝来答:是我。

曲一民吃了一惊。要抓偷车孕妇,必须彻夜蹲守。通常的做法是由保安或治安员轮班。抓到了,打电话给社区民警。

高宝来显然熬了通宵,双眼发红,一边吸烟,一边喝茶。

曲一民说:高哥,你带我去拷贝监控视频,留作证据。

高宝来说:你回所里处理嫌疑人,我去拷视频。

曲一民回到所里,讯问、做笔录、打印相关文书、查询户籍信息、吸毒尿检等等,忙到了中午,还不见高宝来的视频证据。心下纳闷,不过几分钟的影像,这老哥咋还在磨叽。

于是打电话。

高宝来满怀歉意:稍等,这就妥了。

待拿到U盘,曲一民看着影像证据,鼻子发酸。

高宝来的工作本里,记录了这段影像的详细情况:

3点07分,03号探头,门岗进入,11秒;

3点29分,21号探头,36单元护栏,8秒;

3点38分,33号探头,进入46单元,17秒;

4点11分,9号探头,从5单元门口走到6单元,32秒;

4点23分，7号探头，进入4单元门前草丛，12秒；

……

除了准确提供视频证据，高宝来还会把所有的影像和时间、地点的文字说明，打印成材料，发给保安员、网格员、楼长、居委会、流动人口管理员等等，要求他们提高警惕，一旦再发现该孕妇，立即撵出辖区。这等于给肆无忌惮的嫌疑人挂上了无形的批斗牌，甚至比送进拘留所都管用。怀着孩子，被指认成令人唾弃的小偷，终于突破了这些妇女的犯罪心理底线。几个回合下来，有效遏制了电动自行车被盗案高发的势头。

高宝来的装备除了"动画片里的警车"，还有一个整天斜挎在身上的黑色大提包。装了工作记录本和午饭——通常是一个大饼加咸鸭蛋，还有一个铁盒子。里面叮叮当当，有十几个U盘，主要保存各类案件发案时的监控视频。为了破案和积累这些资料，高宝来成了技防专家。一听说辖区里哪个单位有改造工程，就积极参与，拼命说服人家多装监控探头。只要安上了，就不会白花钱，高宝来能将它们用到极致。不但管自己辖区的发案，还操心整个派出所的案件侦破。

一次，又发了盗窃案。高宝来按部就班操作，花了三个多小时，找到现场视频，截了图，印发给保安、网格员、楼长等。然后，又存进U盘，放进叮叮当当的铁盒里。过了些时日，四警队抓住了一个盗窃嫌疑人，案子不大，赃款不过几百块。但是,大家就觉得他哪里不对劲儿。可无论怎么审,也问不出其他的事儿,眼瞅着到了羁押期限,高宝来挎着黑色大提包进了门。一见嫌疑人,马上掏出包里的铁盒,拿出一个U盘,对警长说,你去看一看。

视频里,另外几起案件的作案人竟然就是他!

面对新证据,嫌疑人彻底"撂"了,一口气交代了八起案件!最后说,就是有偷东西的瘾,一天不偷,都过不去。却是碰上有存视频瘾的高宝来,凡是有价值的,哪怕只有一秒钟,不存到U盘上,都过不去!

破了大案,高宝来也骄傲,说出的话像孩子:只要有贼作了案,我的"天网"就能罩住他,跑不了!

妻子张利的原单位也在高宝来的管辖区内。在他下沉以前,经派出所领导协调,张利拿到了病退工资。这是高宝来心上的一个伤疤,他却从未有过"公报私仇"的念头。不但不记仇,还操着人家的"闲心"。

有一天,他在小区的告示栏里发现了用A4纸打印的通知,有人相约到小树林里聚会。高宝来立即警觉起来,连忙逐个检查告示栏,发现都贴上了通知。这个小区,是张利原单位的家属区,相约聚会的是退休人员。高宝来侧面了解到竟然有百十人参加聚会,时间就定在第二天上午九点。

职业的敏感,让高宝来觉得这可能是"大事儿"。但具体是什么事,他没有办法弄清楚。告示栏上的通知倒是有联络人的姓名和电话,高宝来都不认识,如果强行上门了解或者做工作,很可能会适得其反。

左思右想,决定去找组织。进了门,就提出要见一把手领导。接待的人问,有何公干?高宝来说了告示栏上的通知。人家觉得不过是退休老同志要聚会,跳一跳广场舞,或者交流养生心得。于是,委婉而客套地拒绝了。高宝来心里很清楚,事情可能不会那么简单。他嗅到了危险,却说不出所以然。只能"磨",反复说:这么多人相约聚会,搞不好会出大事儿!毕竟是一级组织,被老警察"磨"得无奈,派出了班子成员,与高宝来对话。这位领导非常善于处理棘手问题,指了一条明路:您可以去找退休的陈书记。

后来的事实证明,这不但是条明路,更是高招儿。不但支走了啰里啰唆的高宝来,又防了"万一"。陈书记在任时,资历和威信都令人仰慕,是国家"两弹一艇"功勋人物。老人家极有责任感,若聚会真有问题,他绝对不会坐视不管。

高宝来马不停蹄,立即跑回小区,敲响了陈书记的门。老人家已经八十三岁,警惕性颇高,看了警官证,才请高宝来进门。又问:您去单位找了谁?高宝来说出了领导的名字,他才放了心。同时,也对眼前这位老警官的高度责任感大加赞赏。

看了高宝来提供的联络人姓名,老书记说,我给他打电话,了解一下情况。原来,有几十名离退休老同志对现有待遇有意见,想与单位领导沟通。他们多年为国奉献,极具组织观念。合计着大家拿出统一方案,再做打算。结果,讨论来,讨论去,以离退休前所在处室为单位形成了两派,分别聚集在原领导麾下,相约在小树林里聚会,公开对话。三个领头人都是陈书记的老部下,都有戈壁大漠里的红色生死交情。

老书记弄清了情况,马上给他们打电话,要求取消聚会。三人都很为难,已经是傍晚,通知取消明天上午九点的聚会,怕跟大家解释不清楚。陈书记说,你们今晚就开始做工作,争取打消他们向组织要待遇、提条件的念头,尽量要求他们不要参加明天的聚会!三个人不能也不敢反驳,老书记是功臣,人家淡泊名利,别人就更没有资格和颜面越过他的态度。

陈书记放下了电话,高宝来深深地舒了一口气。老人家又说,明天,我去小树林做做工作,争取让他们散了。

第二天早晨八点半,陈书记就出了门。远远地便看见,高宝来已经守在小树林旁。他不禁深受感动,一名普通的社区民警,对自己的事业能够拥有如此高度的责任感。

由于听说了陈书记要介入,来的人稀稀落落。老人家又讲了几句话,人群很快便散了。事情就这样解决了,陈书记和高宝来都没有再叨扰组织,两个人从此成了莫逆之交、精神战友。

陈书记看着高宝来每天在社区里,风里来雨里去,几乎二十四小时都有他的身影,便默默地支持他的工作。有一次,家里自行车丢了,是陈书记与老伴当年的定情物。

孙子骑出去玩，回家时，忘了推进门。搁了一夜，第二天就不翼而飞。两个老人心疼不已，也不找高宝来。

逢到国家重要时刻，高宝来组织群防群治。经常人手不够，陈书记知道了，就主动申请：您可以随时给我打电话，我和老伴积极参加。高宝来不忍心再让他们奉献，陈书记的老伴是抗美援朝老战士，体弱多病。只在关键时候、不得已才会给陈书记打电话。比如，要守紧大门岗，严禁危害国家和公共安全的人进入。陈书记接了电话，就会和老伴一起，戴上红袖标，倒班守大门。

交流多了，高宝来才知道了陈书记的故事。他父亲是江南名中医，抗日战争时期，为躲避战火，与几位同道好友，回到家乡，开了诊所。为了能让穷苦乡亲看得起病，他们不收诊疗费。并且刻苦钻研用最简单、便宜的药治病救人。生意非常火爆，日子却异常艰苦。因为，即使最便宜的药，患者有时也负担不起，只能医生掏腰包。

日本人经常开着火轮船来"扫荡"。有一次，"扫荡"过后，三个战士搀扶着受伤的新四军连长来到诊所。却遭了汉奸举报，日本鬼子尾随而来。四个新四军掏出枪，准备决一死战。陈医生急中生智，拉起他们就朝后院跑。进了卧室，打开床下的一块板，露出地洞，将四个人藏了进去。此时，陈医生妻子异常镇定，站在前院，挡住了蜂拥而入的日本鬼子。

陈医生藏好了新四军，来到前院。客气地请带队的鬼子头儿进诊室，客气地倒了茶，又请坐，然后拿出看家本领，凝神一望，就从鬼子头儿的脸上看出了他身体里的所有病症。娓娓道来，令鬼子五体投地，连问如何治疗。他开了药，并不收钱，还说，老百姓也不收钱，一视同仁。

鬼子头儿更加五体投地，问起新四军的事，也客气了许多。陈医生当然说，没有新四军。他便颠颠儿地打道回府，熬药治病去了。

鬼子们走了，陈医生和妻子脸色苍白、浑身哆嗦。四名新四军齐齐地跪在他们面前，誓言报答救命之恩。

事情过去了，兵荒马乱中，陈医生和妻子从未想过图报答。后来，解放了。再后来，到了三年自然灾害时期。夫妻俩已经有了四个孩子，一贫如洗。正当绝望之时，忽一日，来了解放军，说是当年新四军连长派来的。要带走一个孩子，送到上海，由国家抚养。他们喜出望外，送走了二儿子，对党感恩不尽。适逢陈书记已成人，考上了大学。夫妻俩对大儿子千叮咛、万嘱咐，要爱党、爱国家，要奉献。父母的教育成了陈书记一生的信念和坚守，也因此成了国家的栋梁之材。

第六章 尾 声

一

下沉到社区后,高宝来越来越像铁人。他发的名片如雪片,几乎家家户户都有。不但进了户,还贴在告示栏里。这似乎多此一举,高宝来却觉得,万一有群众遇到事情,又没带名片,就可以在告示栏里找到他的电话。由此,社区里越来越多的人知道了他的存在。由此,每一个觉得有困难的人,都想随时找到他。高宝来不负众望,手机二十四小时开机,自己二十四小时待命,并且,随叫随到。

除此之外,社区民警的其他工作,他也要兢兢业业,一丝不苟。除此之外,还要参与所里值班和日常临时工作。他也只能越来越像铁人,不睡觉,烟不离手,喝的水,几乎全是茶。有一天,他凌晨回家,刚脱下衣服,就接到所里的电话，有个嫌疑人需要马上送看守所！

他连忙穿上衣服，重新披挂"八大件"，开了门就跑。匆忙中，一脚踏空，坐在了楼梯上。张利听见动静跑出来，见高宝来正在用力揉脚踝，脸色煞白。张利连忙伸手，高宝来扶着她，慢慢站起来。

张利说：回家吧。

他说：不行，所里人手不够。说着，就要下楼，却发现鞋带还未系上。他吃力地弯腰。张利连忙阻止，蹲下身子，帮他系上了鞋带。

即使铁人也有极限，何况高宝来已经五十多岁。他已经竭尽全力了，还在坚强地挺立着。通常所里的电话都来自年轻的警长，有时，高宝来在社区里正忙得紧，接到电话，顺口说：你再找个人。

警长忙得天昏地暗，也顺口说：所里没有闲人了。

年轻人也许无心，高宝来听了，却是心寒又委屈。一次又一次，都积在心里。有老烟友劝他，去找领导，让领导再找警长谈一谈。

高宝来闷头抽烟：好像去告状，这么大年龄，太丢人！

不去告状，就只能忍。忍来忍去，就忍无可忍。有一天，高宝来终于爆发了。他一脚踢开了刘国明办公室的门：小兔崽子、小王八羔子，明知道我六点半钟要去"拉车门"，还安排了南口治安岗亭的勤务，从半夜十二点到早晨六点，他是成心想累死我！

警长也委屈，去找刘国明：我也没有办法，人手确实不够。他资格老，不把年轻人放在眼里！

按说，高宝来已经下沉社区，与同事们应该"远了亲"。但并没有，只有更远了，没有"亲"。平时，回所里，无外乎三件事，值班，开会，上传各种报表。工作上，大家几乎无交集，只需共用电脑。高宝来每次都要等，等所有的人用完电脑。他的录入功夫俗称"一指禅"，就是一个一个手指头数键盘。要求社区民警上传的报表、资料多如牛毛，分属不同部门，有无数密码、口令。高宝来要一个一个写在本子上，然后，一个一个手指头输进去。担心耽误别人时间，便等到最后，等到深夜。

他不当"貔貅"了，也没有机会拖着别人一起当铁人。但是，他却成名了。因为"拉车门"，高宝来闻名北京城。不过七秒钟，干着世界上最简单、无聊的工作：拉开车门，再关上。而派出所里的其他人，累死累活，却报纸上无名、电台里无声。这让他与同事之间的温度，比从前更低。

离开了派出所，高宝来对大家确实"远了亲"。每次回所里开会，像赴约。有时，会放下社区里的"大事儿"，留下吃午饭或者晚饭。却听见风言风语："拉车门"有什么了不起，又不是公安的职责！

其实，风言风语早就转弯抹角灌满了他的耳朵。可是，当面听见了，还是锥心般痛。他不生气，也不逃避，打了饭，凑进队伍里。

凑进了队伍，大家就有了玩笑，不说"拉车门"了，说他身上的警服。夏日里，社区里的太阳，将高宝来穿的天蓝色短袖衫晒成了白色。于是，就有玩笑说：你老人家好好干，坚决不能放弃。说不定，有一天能晋升警监，穿上真正的白衬衫！

这种事情不断发生，高宝来对大家依然"远了亲"。经常在午夜还"蹭"在派出所里。没有宿舍，就去"蹭"刘国明的沙发。"蹭"了沙发，还要"蹭"唠嗑，美其名曰：汇报工作。有时，刘国明实在困得紧，便下"逐客令"：赶紧回家睡觉！

高宝来只好讪讪离开。

刘国明轰走了他，还未等合眼，就接到了出警命令。一个多小时后，完成任务归来，几个人饿得慌，去吃牛肉面。刚坐下，高宝来推门而入，也买了面，"蹭"到队伍里。

这世上的每个人都孤独，高宝来更孤独，他的精神世界里，只有张利一个伴。有工作时，无法守着她。最累、最寂寞的时候，也无法守着她。通常，只有在午夜，高宝来会有一点空闲时间，回家本来天经地义。可是，他担心妻子好不容易睡了，自己一进门，就会惊醒她。于是，便越来越多地留在警务室里，守着一份绝世凄凉。

有时候，他也会装扮自己。社区里有个幼儿园，是一个所有人都不知道的岗位。其实，高宝来关注它不亚于实验小学。小朋友都住在这个居民区,家长不必开车接送。高宝来依然绷着弦,经常在上、下学的时候,去看一看,保安是否负责,哪里会有隐患。逢到幼儿园有"大型活动",他必到场。家长、孩子们欢歌笑语,一片祥和,高宝来也会沉浸其中。孩子们看见警察爷爷,热情地送来几个气球。于是,他也变成了孩子,牵着绳儿,背后飘着几个鲜艳的气球,微笑着走在小区里……

　　他孤独,更渴望获得认可。偶尔,有分局领导来看一看警务室,他会组织保安人员列队欢迎,自己则站在队伍最前面,将腰背挺得笔直。刚"下沉"的时候,恰逢春节。除夕晚上,所长到社区检查工作,正逢一家居民阳台上因点燃的鞭炮引起了杂物燃烧。高宝来拿了灭火器,跑上楼,灭了火,又带着一身白色粉末跑到所长面前,像个天真的孩子,等着父亲或者老师表扬。

二

　　他按照自己心里的那盏灯,执着前行。一个肯定或者鼓励的眼神,都会是他的力量。只是,人情世故消解了力量,暖黄色的光既能给苦难带来光明,也要遭遇现实冰冷的壁垒。

　　这使他的烟越吸越多,脸也越绷越紧。高宝来"下沉"后获得的第一个荣誉是分局的优秀共产党员称号。宣传部门要拍照片,任务落在小曦身上。年轻人工作热情高涨,何况,高宝来还曾经是他当"学警"时的师傅。小曦不能忘记,高宝来为了让年轻人多睡一会儿,去替他们出警,回来后,泡好的方便面已经冰冷,他匆匆吃下,再连忙去赶自己的出警班次。

小曦立志要拍好师傅。吃过午饭,他就赶到了警务站。可是,高宝来脚不沾地,忙得像陀螺。小曦只好等,见到空隙,就抓一张,但效果都不理想。终于,等到傍晚六点多钟,高宝来处理完解放军医院里一起治安事件后,小曦找到了机会:师傅,我们就在这条走廊上拍一张,很有意境。

高宝来说:行。于是,停下来,任小曦摆拍。

师傅,你笑一笑。这句话,小曦说了一下午,反复说,高宝来也没有挤出一丝笑容。

拍了几张,小曦总觉得不满意:光线不理想。

高宝来问:咋办?

小曦探头看了看窗外:再过半个小时,最完美。

高宝来说:那就再等半个小时。

小曦本来担心折腾了一下午,师傅不肯再配合。听他这么说,喜出望外,连忙试探道:先下楼,拍个外景?

高宝来痛快地答应了。

两个人来到停车场,小曦让高宝来站在一辆警车前,左摆右拍。可是,来来往往的人太多,影响效果。

小曦说:师傅,咱先上楼,把走廊里的那张拍完。

高宝来又痛快地答应了。

走廊里拍完了,来到外面的警车前。天色暗下来,周围的人也逐渐减少。小曦又是光线、角度折腾了一个多小时,还是摇摇头:师傅,效果不理想。再说,您老人家总是绷着脸,比警车都严肃。

高宝来问:那咋办?

小曦试探道:再等一个小时,万家灯火的时候,咱拍张警灯闪亮的,就能配上您紧绷的脸。

高宝来爽快道:那就再等一个小时。

两个人回到警务站,小曦琢磨着拍室内照,可高宝来还是不会笑。

他无奈,放下相机道:师傅,这是拍日常生活照,您总绷着脸,我可咋拍?

高宝来说:我已经笑了好几次了。

您那是咧咧嘴,没有笑容!这样吧,你想一想最高兴的事情,也许,就能笑出来了。

小曦举着相机,高宝来若有所思。忽然开了口:嗨,高陆找对象了!说完,脸上漾开了由衷的笑容。

于是,小曦抓拍到了高宝来唯一一张挂着笑容的照片。

高陆是高宝来的儿子,他秉承了父母的憨实,也继承了他们安守本分的底层意识,找到了一个俊俏、明理的女朋友。这是高宝来无数苦中唯一的甜,他挂在了脸上。

后来,那张照片配合了所有关于一级英模、时代楷模的宣传……

后来,老天送来了一个帮手。他叫吴天恒,从山东老家来到北京当保安。因表现突出,当上了解放军医院的保安队长。高宝来二十四小时都有工作,迫切地需要帮手,就从几个单位的保安队伍里找。只能临时帮忙,人家来了,做完了手头的事就离开,这是天经地义,也是人心向背。高宝来的高标准、严要求,让保安们苦不堪言,来给他帮忙,大家都巴不得快点儿干完,快点儿走。唯有吴天恒,是上天送来的帮手。

第一次到警务站帮忙,已是午后三点多钟。高宝来正在吃饭,一个大饼、一个咸鸭蛋,配浓茶水。见到吴天恒,还未等寒暄,手机就响了,是社区里的一个老人,炉子上坐着锅,却将自己锁在了家门外。高宝来扔下大饼就跑。外面下着雨,吴天恒拿着自己的雨衣追出去。他说:来不及了,你看好门!然后,骑上那辆"动画片里的警车",就冲进了风雨中。

吴天恒看着高宝来的背影,眼里有了泪。在他心中无比高大的首都警察,竟然能为普通百姓如此真心地急、真心地付出。于是,心疼百姓的高宝来,就有了一个心疼他的人。

干完了手头的工作,吴天恒没有离开;他本可以马上走,借口医院还有工作。但他留下了,对医院领导说,高宝来还有急事需要帮手。就这样，每次帮忙，都一留再留，后来，连自己的休息时间也留给了高宝来。

医院领导没有要求，一个普通的老民警也不会奢求。唯有吴天恒的"心"应了高宝来的道，无论跟着他多苦、多累，这个来自农村的普通保安队员，成了高宝来身后默默奉献的人。巡逻执勤，要像他一样刻苦地熬，才能帮助高宝来托起这支无编制、无待遇，只能无私奉献的队伍；平日里，高宝来要及时将管区内人员变化等情况，用电脑上传分局各有关部门。另外，他还有一套手工填写的大簿册，详细到每家每户的联系人、电话等等。他更习惯这样工作，却苦了自己，不断变化，就要不断地修改、填写，重整簿册。吴天恒帮他填了改、改了填，还要去买封皮、穿针、线绳等等，做成高宝来喜欢的样子。

高宝来对工作不分里外，吴天恒对他也不分里外。打饭、买烟、烧水、冲茶，一样都不少。说到买烟，高宝来下管区就包括商场，可以顺便买烟。他却不买，断了口粮也不买，只等吴天恒。原来，他担心自己去买烟，商户会误解成吃拿卡要，或者借机讨好他，造成工作上的麻烦。

妻子张利是高宝来放不下的牵挂。只是为社区忙起来，放不下也要放下。一次，张利因严重的食道疾病住院做手术，高宝来守着照顾了大半天，忽然，接到管区内某省驻京办事处的电话，有上访人员聚集闹事！高宝来扔下妻子就跑。在北京，稳定压倒一切，社区民警就是第一责任人。即使家人再艰难，也不能儿女情长。张利不埋怨，心甘情愿地理解丈夫，心甘情愿地独自承受重病之苦。平日里，两个人各自都忙，高宝来忙工作，张利"忙"生病，每天除了吃药，就是去医院。有时，病得太重，看完了病，走不回家。只能给丈夫打电话，高宝来去得少，多是吴天恒帮忙。

高宝来能为妻子做的就是管好自己。警务室里有个简易卫生间，不到一平方米，接了水龙头，他经常蹲在里面洗自己的衣服。解放军医院给他办了饭卡，许多时候，都要吴天恒去把饭打回来。待到高宝来能坐下的时候，早已没有了滋味。偶尔，饭菜质量高，又没有凉透，高宝来便惦记着妻子，拨出一半，要送回家。吴天恒连忙代劳跑腿，给他省出时间抽支烟、喝口茶。

张利病情不重的时候，就惦记着丈夫。晚上，守着电话，等着高宝来说：要回家了。她便马上熬粥，加上一个咸鸭蛋或者一碟咸菜。他们的爱情没有你侬我侬的甜蜜，却又是如此情深意长……

张利是高宝来唯一的知心人。可是，有的话就是不能向妻子倾诉。高宝来下沉社区的第三年秋天，在单位例行体检中，医生发现他的肺部有阴影，嘱他立即去医院做全面检查。高宝来预感到了不幸，对吴天恒说：人，终有一死，总不能坐着等死。这件事，他没有告诉张利。

有一天，高宝来忽然开着一辆警车——是真正的警车，来到自家楼下，给妻子打电话：你赶紧下楼！

张利慌着跑下来，就见了真正的警车。她脱口问：那辆电动自行车呢？

高宝来说：有公事，你快上车，我还要赶时间。

张利更摸不到头脑了，公事带上自己，难道，今天早晨的太阳挂在了西面？

原来，所里安排高宝来去郊区的印刷厂，送需要销毁的文件。东西太多又涉密，便让他开上警车。

张利听了，总觉得哪里不对，又说不出。

这是她生平第一次坐警车。也是高宝来生平第一次与妻子"秀"浪漫。一路上，秋叶唱晚，风瑟瑟，一条大河平静地流向远方。路实在太远，张利还在病中，只撑了一半的路，便沉沉睡去。高宝来默默地载着妻子，看人间的景色慢慢向后退去……

三

年轻的警长在派出所里干得热火朝天。他承担警队的打击任务和一大堆必须完成的指标。主班、副班、对班，唯一的休息日还要去蹲坑。大多时候，是在电脑上蹲，找到了线索，再去现场蹲。年轻人的上进心和实实在在的公安工作压力，逼着他不敢休息，也不能休息。有一次，他患重感冒，高烧，躺在宿舍里。听到外面一阵嘈杂，是自己的警队抓回了嫌疑人。他挣扎着爬起来,挣扎着走进办公室。没有力气审案子,便在电脑前做材料。北京城的警力永远不够用,需要增加时,只有靠民警们延长自己的生命——不睡觉,不休息。

年轻的警长,一边工作,一边应付擦不完的鼻涕、眼泪。桌子上,除了各种材料,就是用过的纸巾,堆得像座小雪山。

到了晚上,高宝来回所里上传报表,看到了这一幕。警队里所有人都在忙,忙得错过了午饭,又错过了晚饭。高宝来转身走出去,半个多小时后,拎回了一大堆"肯德基"。饿极了的人们抓起来就吃,高宝来不吃,坐在旁边,一边抽烟,一边看着大家。

年轻的警长说:高叔,你也吃。

高宝来摇头:我吃不惯,看着你们吃就行。

以后,年轻的警长依然打电话:今晚十二点,南口岗亭值班。

于是,在许多的深夜,南口岗亭就会亮起一盏暖黄色的灯,不眠不休,直到清晨……

于是,在许多的清晨,实验小学的门口,站着无眠无休的高宝来……

"人,终有一死,总不能坐着等死。"这是高宝来留给自己的箴言。

与张利"秀"过浪漫后不久,他就开始咳嗽。听见的人都说,要少抽烟。高宝来笑着应付过去;过了些日子,他咳得紧了,大家问,他就说:感冒了。到了2015年春节前夕,他咳得惊天动地。

终于,有一天,在南口岗亭里,高宝来发起了烧。

他独自去了解放军医院,想开些退烧药。医生要求做X光,结果出来了,惊了他一身冷汗,脱口道:这是什么?已经全肺了!

高宝来走出医院,独自走向警务室。寒冬严酷,他的手机却还是热的,响了一次又一次:

高哥,分局急要监控探头位置图,您抓紧时间报一下……

高警官,我的护照丢了,怎么补……

高警官,我是快递员,刚才路过18号楼413室,大门开着,屋里没有人。上午,我路过的时候,就看见虚掩着………………

高宝来去了18号楼413室,进了屋,悄无声息。他知道,这里住的是独居老人,上一次,出门忘了关煤气,烧干了锅。高宝来接到邻居电话,带着灭火器及时赶到,灭了火,又找到老人女儿的电话,通知她赶了回来。

环顾四周,高宝来判断,是老人离开,忘了锁门。他走出屋子,关上门。拿出笔记本,找到上次的记录,给老人的女儿打电话：您知道老人去哪儿了吗？

女儿说：我马上联系。

高宝来说：家里的门，我已经给锁上了。找到了老人，给我回个话。要过年了，可别出什么大事儿。

下了楼，走到门口，手机再次响起：小高，有件事，快气死我了！

高宝来听出是大院里老年门球队长赵大姐。她性格开朗热情，每天组织老人们打门球，见到高宝来就打招呼：小高，忙着呢？别人说：高警官的头发都白了。赵大姐调侃：嗨，在八十多岁的老太太面前，他还年轻着呢。

高宝来听她的声音又急又气，连忙说：我马上去您家！

进了赵大姐的家，高宝来喘得像风箱。

您这是咋了？

爬楼累的。

不对呀，你以前也爬楼，没见这么喘。

一阵剧烈的咳嗽，算是答案。

赵大姐忘了自己的事，说：小高，您必须马上去医院！

哦，已经去了，就是感冒，吃点药就成。说一说，谁惹您生气了。

赵大姐道：刚才去打门球，把电动车停在场地门口。您知道，我总是把车子停在那儿，一边打球，一边能看着。您说气人不气人，这些偷儿，可能早盯上了。我刚停下车，走到场地中间,一回头,看见两个妇女,大摇大摆骑着我的车走了。您说,我这老胳膊、老腿,也追不上,只能生气!

高宝来说,这是新动向。前一阵子,我光顾着守夜。现在,她们又改了白天活动。您放心,我一定认真查一查……

还没等说完,又是一阵剧烈的咳嗽。高宝来捂着胸口,憋得脸色发紫。

赵大姐说:小高啊,您快别干了,马上去医院,听大姐的话!

离开赵大姐的家,已是午后。风凛冽,太阳贴在天边,泛着白,在浅灰色的云里时隐时现……

高宝来走到大院里的餐厅门前,正遇白经理走出来。还未寒暄,就是一阵剧咳。白经理问:吃了吗?

高宝来摇头。

进来,吃碗牛肉饭!白经理不知自己为何说出了这句话。说完了,就后悔。为宝马"大款"的事,他见到高宝来便躲着走。

高宝来点头:好吧!

白经理的牛肉饭是特色。牛肉炖得极入味、极软糯,配上圆圆的一小碗米饭。

高宝来一边吃,一边咳。白经理坐在旁边吸烟。他想说:你到底图什么?病成这样还要干。却是终没说出口。

高宝来吃完了,要给钱。

白经理摇手。

"亚司令"住的那栋楼,就在餐厅旁边。高宝来走进去,上了楼,站在门口,犹豫了片刻,还是敲响了门。

女人喜出望外:高警官,您快请进。

坐下了,又抹眼泪。

高宝来没有劝,也没有多说:我就是来看看。

女人不经意抬头,发现高宝来的眼睛好像有些潮湿。她眼睛花,就向前凑了凑。

高宝来连忙抹了抹,说:天冷,我有点感冒。接着,又是一阵剧咳。

女人说:您太累了。昨天半夜,我睡不着,去阳台,看见您领着保安巡逻。

您快回家去睡,不用再操心我的事。

高宝来答应了,站起身。

女人送到门口,说:高警官,您放心,我不会接受采访。终归是自己家里的事,跟外人无关。

高宝来背对她、低着头,说:是啊,终归是自己家里的事……

手机又响了,是居委会工作人员、年轻姑娘小刘:高警官,实在不好意思,有点事情,想麻烦您。

高宝来说:没问题,你尽管说。

我屋子的门锁坏了,在网上买了一个,弄了好几天,也安不上,您能帮个忙吗?

我这就过去。正好,也要找王书记说一说春节安全防范的事。

安好了锁,王书记将高宝来让进屋。拿出一个厚纸杯当烟灰缸,放在他面前。居委会都是女同志,没有人吸烟。也不许外人吸,只有高宝来除外。每次来了,王书记都留他坐一会儿,歇一歇。除了工作,也聊一点儿其他的事。高宝来最喜欢的话题是,等退休了,和老伴去郊区,弄个小院,种点菜,养鸡,晒太阳。王书记管辖的社区面积不大,户数也不多,她和几个女同志工作积极,责任心强,让高宝来省心不少。每次来,就像小憩。但不管聊什么、聊到哪里,一到三点半,高宝来就会站起身、拔腿就跑:不说了,我要去"拉车门"!

今天,高宝来不掏烟,只坐着咳。

王书记说:您该歇一歇了。

若是平常,高宝来会顺口道:没关系,我不累。

此刻,他既不抽烟,也不说话。剧烈的咳和喘,掩饰了悲凉的心境。

终归要开口。他说:还有半年退休,到时,我就可以休息了。

您咳得太厉害了,马上去医院吧!

高宝来站起身,抬头看了看表,自语:三点半了。

王书记说：孩子们已经放假了，您也少了一个累，不用去"拉车门"。

高宝来点了点头，继而，又摇了摇头。站起身，离开。

将他送出门，王书记又说：您别不当回事，赶紧去医院！

高宝来摆了摆手：没用了，肺里已经全是癌细胞。

王书记急问：您去检查了吗，确诊了吗？

高宝来岔开了话题：春节安全防范的事，你还要高度重视，千万不能疏忽。

晚上七点多钟，高宝来在派出所里完成了需要上传的吸毒人员报表。他没有离开，也不吸烟，静静地坐着。今天，二警队值副班，刘国明通知，要过年了，晚上在食堂聚一聚，顺道强调一下春节安全保卫工作。

一名年轻警员闯进电脑室，要录入嫌疑人收押手续。高宝来连忙让开，坐到了旁边。

那位警员很年轻，高宝来不认识他。整天沉在社区，来了新人，都难见面。只见他手里拿着烟，一边录材料，一边吸得津津有味。

高宝来忍不住说：别抽了，对身体不好。

年轻人也弄不清他是谁，反正穿着警服，年龄又大，便说：好，叔，听您的，不抽了。

掐灭了烟，又埋头录材料。

高宝来自说自话：千万别抽了，等弄成我这个样子，就来不及了。

二警队的十几个人聚在食堂里，说完了工作，便聊天，喝饮料。高宝来不说话，除了咳，就是静静地坐着。不说话，倒成了主角，大家纷纷劝：高哥，别干了，明天，赶紧去医院。

年轻的拿饮料敬老同志：高叔，拜个早年，向您学习……

九点多的时候，聚会进入了尾声。高宝来的手机响了，他接了，站起身，拿上棉帽就要走。大家拦：马上结束了，再坐一会儿。

他说：有急事，我要赶紧去。

电梯里遇上了侯占军，听了高宝来的剧咳，她又吵了起来：高哥，你能不能省点儿心，现在、立即、马上去医院！

高宝来应付着，逃出了电梯。

电话是物业经理打来的。1404号居民家中漏水，却无人。楼下遭了殃，给物业打电话。经理赶到现场，多方寻找住户，无果。只能关闭了全楼的水阀，害得九十多户居民停了水。大家怨声载道，经理急得团团转，也不找高宝来。因为知道他每天半夜巡逻，又咳得惊天动地。

到了晚上九点多，他实在顶不住了，只好打电话。高宝来应声而至，带着经理和保安员，又找了开锁公司，将1404号家的房门打开。发现是厨房的水龙头未关，连忙关上。然后，高宝来又领着保安员，将屋里的积水清除干净。临走，在房门上夹了一张纸条：1404住户，今日，您家水龙头未关，造成全楼停水。请您回来后，立即与物业联系，处理相关事宜。我是您的管片民警高宝来，电话：133311×××××。

大家渐渐散了，高宝来又在楼上楼下转了转。见一户房门前，站着一个颤颤巍巍的老太，佝偻着腰。

高宝来连忙走过去。

老人家开口：能使水了吗？

高宝来将她搀扶进屋。嘘寒问暖后，才知道，老人独居，保姆也回家过年了，因为停水，还未吃饭。

他连忙出门，买回了饭。

有饺子和菜。高宝来端着盘子，一个一个将饺子喂进老人的嘴里。

她抓住高宝来的手……

高宝来说：您就拿我当亲儿子……

铁做的高宝来终于倒下了，住进了解放军医院。

老伙伴刘国琪第一个去看望他。走到病房门口，只见窗帘紧闭，屋里漆黑一片。他凑到门前，听见一家三口在讨论：化疗要自费，我们拿不起，回家吧，不治了……

刘国琪泪如泉涌，破门而入：不能回家，必须治，我去找领导说！

争吵间，惊动了护士，这个消息就传遍了全院。

有无数人受过高宝来的帮助，也有无数海淀区实验小学的家长是医院的医生和护士。

这个消息就传到了小学校。

初春的北京，又一个萌动的春天。海淀区实验小学组织了盛大的捐款仪式。在霏霏的细雨中，全校师生聚集在操场，大屏幕上播放着高宝来永不知疲倦的身影。孩子们倾情歌唱：世界上最温暖的警察爷爷。

高宝来躺在病床上，已进入弥留之际，他吃力地写下了：我还有十五天，祝福孩子们！

张义老人的孙女是实验小学的学生，告诉了他捐款账号。已经八十七岁的老人，颤颤巍巍走进银行。排队等候间，从贴身的上衣口袋里掏出高宝来的名片，看着那憨实、英俊的面孔，老泪纵横。

八十八岁的陈书记得知了高宝来罹患癌症的消息，赶到了医院。屋里聚满了人，是分局宣传部门带来了记者，准备采访。陈书记站在门口，高宝来戴着口罩躺在病床上，看见了他。四目相视，包含千言万语。陈书记没有进病房，默然离开。高宝来也没有喊，只有看不见的眼泪在心里流淌。

化疗结束了，丝毫不起作用，又准备放疗。儿子说，旁边是肿瘤专科医院，我们……还未等他说完，高宝来虎起脸：别给组织添麻烦，就留在这里！

精神好的时候，高宝来会与来探望的人照相。除非下不了床，熟悉的、不熟悉的，每个人都照。笑着邀请：照一个吧，以后见面，只能看照片了。

在最后的日子里，他终于释怀。对守在病床前的海淀公安分局领导，说出了深藏一生的信念：我的偶像是雷锋……